Les héritiers :
Tome 0 :
Me and MyselveS

Déjà parus :

À paraître :
      Cité de lumière
      Albion
      Royaumes des cieux
      Empire de terre
      Exilés
      Tyr

Me and MyselveS

Auteur : Xavier Jacobs

Dessinateur : Sebastien Van Naemen

Avant-propos

L'idée de cette série n'est pas de créer un monde post-apocalyptique générique où les survivants se battent dans les ruines de l'ancien monde.

Il y a déjà eu assez de livres exploitant cette thématique. Dans cette série il s'agit de voir comment l'humanité se relèverait de cette catastrophe. L'humanité s'est déjà relevée de nombre d'autres catastrophes de ce genre.

Nous avons plusieurs ères qui nous ont précédées, avant la chute des civilisations de l'âge du bronze, la fin de l'empire romain et ainsi de suite.

Toutes les époques finissent tous un jour ou l'autre, c'est inévitable.

Ceci n'est pas l'histoire de la fin d'un monde mais le début d'un nouveau.

Ceci est l'histoire des héritiers de l'humanité...

Par quoi commencer ?

Tellement de choses se sont déroulées depuis le début de cette fin du monde mal improvisée. Il faut avouer que ce fut assez ridicule... l'humanité s'est mise en voie d'extinction elle-même.

Pas besoin d'une invasion extraterrestre ni même d'une super météorite percutant la terre. Rien de tout cela ne fut nécessaire.

Les humains se sont simplement entre-déchirés jusqu'à ce qu'il ne reste quasiment plus rien de vivant, et certainement plus rien de civilisé... et tout ça par vanité.

La tragédie de la tour de Babel s'est répétée une fois de plus, notre vanité nous a détruits. C'est comme si l'on n'apprenait jamais de nos erreurs.

Comme lors de tous les conflits majeurs précédents il aura suffi de rassembler deux éléments.

En premier lieu il fallût une bonne raison pour avoir des tensions entre les grandes puissances mondiales. Pas simplement une raison idéologique, non, une vraie raison, la faim, la maladie, pas la doctrine, cela ne sont que des prétextes à la guerre.

La pénurie de plus en plus criante de matières premières et ressources d'énergie était l'idéal pour causer ce genre de tension. Après tout, les civilisations ne sont que de grands animaux qui ont besoin de manger et leur nourriture est composée d'humains et matières premières.

En second lieu il fallût la petite étincelle déclenchant le tout. L'évènement qui allait mettre le feu aux poudres puis mettre fin au monde tel qu'on le connaît dans une spirale de violence et de folie.

Rien de vraiment spectaculaire… un énième conflit au Moyen-Orient, presque banal. Mais ce fut la goutte d'eau qui a fait déborder le vase. Comme lors de la Première Guerre mondiale, toutes les grandes puissances mondiales se sont déclarées la guerre en un rien de temps. Sans même réfléchir quant aux possibles conséquences de cette nouvelle guerre mondiale tous s'y sont lancés avec enthousiasme.

Ils auraient pu analyser objectivement leur situation. Suite à cette analyse ils auraient pu se rendre compte de ce qui se passait et adapter leurs sociétés au manque de matières premières, seul véritable problème de la situation. Mais non ! Au lieu de cela ils ont laissé place à leurs sentiments les plus absurdes et une fierté mal placée ce qui a transformé ce Xème conflit au Moyen-Orient en conflit mondial.

Et voilà une recette aussi simple que certaine afin de déclencher un conflit majeur avec une forte probabilité de destruction totale des superpuissances entrant dans ce conflit, leurs voisins, alliés et tous les autres habitants de ce monde, qui ne voulaient rien avoir à voir avec ces conneries.

La nature humaine nous rend d'un prévisible…

Le plus drôle était qu'ils auraient pu retenir la leçon de la Première Guerre mondiale, mais non, ils n'ont rien appris du tout...

Ah si, j'ai failli oublier, ils ont quand même appris quelques petites choses : les bombes atomiques, des armées entières de machines de guerre n'ayant même plus besoin d'humains pour agir, les armes biologiques aussi. Quant aux armes chimiques ils les maitrisaient déjà depuis longtemps donc ça ne compte pas vraiment. Bref ils étaient aussi cons que durant le début de la Première Guerre mondiale. Mais en plus de cela ils avaient, cette fois-ci, des jouets tellement puissants qu'ils pouvaient détruire le monde ainsi qu'eux-mêmes, dans le processus; et ils ne se sont pas privés !

J'avoue que moi-même j'étais assez amusé par toutes ces absurdités et de cette folie; n'ayons pas peur du mot.

J'avais observé ces évènements nous menant inexorablement vers la destruction de l'humanité en direct et haute définition, mais bien à l'abri évidemment.

Eh oui, j'ai pu assister à ce spectacle confortablement installé derrière mon écran télé au fond d'un abri antinucléaire avec un seau de pop-corn sucré à portée de main et des lunettes 3Ds sur le nez.

La télévision n'avait pas de 3D mais c'était juste pour le style. Peinard dans un vieux sofa j'assistais à la fin de notre monde annoncé depuis des millénaires par d'innombrables civilisations et mystiques un peu dérangés. C'était aussi spectaculaire qu'un film d'action au cinéma. Les images des premières explosions atomiques étaient particulièrement impressionnantes. Mais j'avoue m'être lassé de ce spectacle aux environs de la vingtième destruction massive de mégapole.

Malgré tout cela il me reste une question qui me torturait l'esprit lorsque j'observais ces explosions balayer la vie de la surface de notre monde. Où avaient-ils trouvé des caméramans suffisamment stupides que pour s'approcher tellement des explosions nucléaires ?

D'autre part ils seraient tous morts au court terme de toute manière... mais quand même. La certitude de la mort n'a jamais empêché qui que ce soit de tenter de retarder la sienne le plus possible. Bref, ne nous attardons pas sur ce détail et revenons en a l'essentiel. Ainsi a commencé cette guerre d'auto-extinction d'une façon particulièrement intense. Je ne crois pas que toutes les guerres précédentes réunies n'aient consommé autant de mégatonnes d'énergie dans des explosions dantesques.

Mais à vrai dire même pour les survivants de ces explosions il n'y avait pas de répit. Les armes biologiques rendaient chaque rencontre potentiellement mortelle. Les armes chimiques rendant chaque source d'eau une source de mort pour ceux venant s'y abreuver.

Ça a duré une semaine ou deux peut-être, je ne me le rappelle plus exactement. Le boucan a rapidement cessé en surface durant cette période. Puis, inévitablement, avec le début de l'hiver nucléaire, la dernière station radio a cessé d'émettre, faute de personnel et d'infrastructures. Les quelques robots d'observation que j'envoyais dehors pour voir ce qui s'y passait étaient on ne peut plus clair sur la situation.

Les innombrables explosions nucléaires avaient conçu tellement de poussière que d'immenses nuages nous coupent ,et couperont encore pour longtemps, de la lumière du soleil.

C'était le retour de la nuit des temps, la nuit éternelle, l'hiver nucléaire avait commencé et le gel commençait à prendre prise un peu partout maintenant que la lumière solaire ne réchauffait plus la surface terrestre. Tous ces millénaires d'efforts et de sacrifices, tout ça pour en arriver là, c'est absurde non ?

Mais bon, il faut vivre avec son temps et surtout ne pas être nostalgique du passé...

Par la suite les rares drones de surveillance que j'envoyais vers l'extérieur me transmettaient des images de deux types. D'abord d'immenses paysages désolés, des villes gelées dans un silence et obscurité effrayants. Soit un autre type de paysage plus ... actif.

Lorsque les grandes puissances s'étaient entre déclarer la guerre, elles ne s'étaient pas seulement lancé tous leurs arsenaux d'armes nucléaires, biologiques, chimiques et traditionnelles à la gueule.

Elles avaient aussi développé d'immenses complexes industriels n'arrêtant pas de produire des armées de machines qui partent détruire les pays ennemis ainsi que tout ce qui se trouve sur leur passage. Il s'agit de véritables colonnes de la mort.

C'est tout ce qui reste des orgueilleuses nations d'antan, des armées infinies de machines de guerre sortant d'usines n'ayant plus besoin d'humains pour les faire fonctionner ni pour extraire les minéraux et l'énergie de la terre.

Tout a été préprogrammé, chaque réaction et processus ont été préparés pour la guerre à venir. Les armées avancent vers les nations ennemies pour tout y détruire. Et le fait que tout y a déjà été réduit à néant n'arrête pas leur quête inexorable d'ennemis.

Une fois leur macabre tâche accomplie... elles passent à leur prochain objectif militaire.

Des armées d'innombrables machines de guerre rencontrant d'autres armées innombrables de machines de guerre d'autres nations défuntes s'affrontant dans des combats sans merci ni but au milieu des ruines froides de l'ancien monde.

Voilà l'héritage de l'humanité, des armées mécaniques complètement absurdes qui s'entre exterminent dans la plus totale indifférence. N'est-ce pas ironique ? Je n'en suis pas déçu à vrai dire, l'humanité n'a eu que ce qu'elle mérite en fin de compte. Les conséquences de ses propres décisions.

Mais bon, trêve de philosophie, apocalypse ou pas ce n'est pas une raison de se laisser aller. Heureusement pour moi je ne suis pas sur un des axes par lesquels ces armées se déplacent habituellement ni même dans une zone qu'elles convoitent pour les matières premières. Comme quoi j'ai malgré tout un peu de chance à une époque qui en semble dépourvue.

Voilà, maintenant tu connais ma situation, survivant dans les restes d'un monde fou et en guerre perpétuelle plongée dans une nuit permanente et gelée. Je sens que mon moral va en prendre un coup malgré mon optimisme naturel.

Parlons maintenant d'un deuxième sujet important, moi.

Je me nomme Adam Rudolph, je suis un ingénieur et un sociopathe invétéré. Je fais un mètre quatre-vingts, j'ai les yeux bleus et les cheveux bruns. Certaines personnes s'amusaient autrefois à décrire mon apparence et ma personnalité apparente de la même façon : du yaourt.

Le yaourt est blanc, sans gout ni consistance particulière. Rien d'intéressant, probablement l'aliment le plus ennuyeux qu'on ait pu inventer de toute l'histoire humaine. Mais je me fous de ces quelques moqueurs, ils sont tous morts désormais, à mon tour de rire maintenant.

Depuis ma prime jeunesse j'étais mal vu par les autres humains. Mon comportement antisocial, mon manque d'enthousiasme pour à peu près tout évènement public faisaient de moi un membre peu apprécié de cette société.

À part mes études en ingénierie rien ne m'intéressaient. J'étais doué dans mes études, comme quoi j'étais quand même bon à quelque chose. Toute ma jeunesse j'étais mis à l'écart, marginalisé par ceux me considérant comme quelqu'un de non fréquentable.

Mais j'ai fini par trouver ma place, du moins je le croyais. Lorsque mon pays m'a offert un poste comme ingénieur en chef d'une base quelconque au fond d'un désert. J'ai sauté sur l'occasion espérant pouvoir consacrer mon temps à une des choses que j'appréciais le plus, la recherche et l'expérimentation. Néanmoins ils avaient oublié de préciser que cette base était uniquement préoccupée avec de la recherche à des fins militaires.

Les militaires n'avaient aucun intérêt dans mes recherches et ne voulaient que de nouvelles armes sans cesse plus mortelles. J'ai bien fait mon travail, la preuve notre nation était une de celles à avoir fait le plus de dégâts avant d'avoir été anéantie à son tour.

Durant les premiers jours de cette dernière guerre mondiale les militaires de la base ont tous étés envoyés sur les divers fronts, c'est-à-dire partout. Les autres techniciens et ingénieurs de la base sont partis chercher leurs familles. Ils voulaient aller chercher leurs proches pour les mettre à l'abri ici, c'était l'endroit le plus sûr qu'ils connaissaient après tout. Néanmoins aucun d'entre eux n'est revenu. Comme quoi cette guerre avait vraiment été très violente en surface.

Moi j'étais, en attendant je ne sais quoi, deux-cents mètres sous la surface voyant la capitale de mon pays, Washington, se faire anéantir par deux bombes nucléaires à la fois. La Corée du Nord et le Nouveau Califat de Bagdad avaient tous les deux voulus être celui qui détruirait la capitale de leur Némésis. Une absurdité de plus. Maintenant que tu sais qui je suis et comment je me suis retrouvé dans cette situation je finis par le troisième sujet qui mérite d'être abordé, toi.

Eh oui, toi, mon très cher journal que j'ai décidé de commencer à écrire.

Autrefois je trouvais cela puéril et même un gâchis de temps mais désormais c'est sans doute un des rares moyens que j'aurai pour me distraire. D'ailleurs j'ai aussi décidé de créer un nouveau calendrier. Je garderai les jours et mois de l'ancien calendrier par facilité. Néanmoins je change l'année de départ.

Alors voilà comment ça va se passer, je te parlerai de mes projets, mes doutes et angoisses et qui sait ? Je survivrai peut-être même suffisamment longtemps que pour relire ce journal en me rappelant tous ces bons souvenirs du début de cette ère où j'ai été débarrassé de tous ces abrutis m'ayant pourris la vie si longtemps.

Maintenant que j'y pense, cette apocalypse n'est pas une si mauvaise chose pour moi, après tout.

5/5/1

Bon ben... l'air sur la surface est glacial, littéralement, ça couterait trop d'énergie pour le réchauffer sans compter qu'il faudra le débarrasser de toutes irradiations.

En plus de ça, malgré le froid mortel pour toute forme de vie sur la surface il se pourrait que quelques armes biologiques aient survécu jusqu'ici et rentrent dans notre base de cette manière. Bref... beaucoup d'efforts pour pas grand-chose.

Par conséquent je vais commencer par me créer des machines afin de purifier l'air de ma base en circuit fermé. Ce sera le système le moins couteux en énergie à mon avis.

Ensuite lorsque j'aurai paré au plus urgent je ferai des machines pour purifier l'eau que je bois.

Je m'assurerai que le complexe a un système de chauffage capable de maintenir la température à un niveau viable ainsi que de m'assurer une fabrication suffisante de nourriture. Souhaite-moi bonne chance !

6/5/1

Bonne nouvelle, concernant le purificateur d'air, j'ai juste eu à utiliser quelques composantes d'un avion à haute altitude qui avait déjà été testé de nombreuses fois. Ça devrait largement suffire, j'en fabriquerai un second cet après-midi avec les pièces de rechange et ce que j'ai sous la main. La bonne nouvelle est que dans leur précipitation, lorsque les troufions sont partis en guerre, ils n'ont pas emporté le matériel expérimental.

Je dispose de tonnes de matériel dernier cri. Alors en ce qui concerne me faire de quoi purifier mon air, mon eau et le chauffage ne prendra que deux à trois jours.

Au plus que j'y pense au plus que je m'estime chanceux à avoir terminé dans cette base. Pour la nourriture j'ai un stock de quelques années vu tout ce qu'ils ont laissé. Mais bon, je ne vais pas attendre d'être à court de nourriture pour commencer à produire de quoi assurer ma subsistance au long terme... en plus ces rations militaires ont un gout atroce.

2/6/1

Désolé de ne pas t'avoir écrit si longtemps mais je n'avais rien de très intéressant à te raconter. Juste que j'ai fini de construire les machines concernant le chauffage central, la purification d'air ainsi que la purification d'eau.

Évidemment j'ai aussi pris le temps de fabriquer les machines servant à les remplacer, j'aime bien avoir des plans de réserve, surtout dans un monde où l'erreur ne pardonne pas.

La petite ferme quant à elle je l'ai installée dans le hangar huit. Autrefois c'était là que les lits des troufions étaient parqués. Étant tous partis en guerre ce hangar est désormais complètement vide donc j'y ai installé des centaines de bacs. Ensuite je les ai remplis de terre et nourriture périmée ainsi que d'excréments, il n'y avait pas beaucoup de terre à disposition dans cette base. Après tout on ne faisait pas de recherche sur le jardinage...

J'ai aussi fabriqué quelques automates agricoles pour qu'ils s'occupent des futures cultures.

Quant à la nourriture protéinée j'ai simplement pris des bacs dans lesquels j'ai mis tous les insectes que je pouvais trouver cachés dans les recoins de la base.

Grâce à cela je vivrai en autonomie parfaite, n'est-ce pas une bonne nouvelle ?

Hélas, tout ce projet a un défaut, je vais commencer à manquer d'énergie pour le chauffage et les machines. Je dois donc me fournir en énergie, je ne sais pas encore comment et l'alimentation d'urgence de la base va être épuisée avant la fin de l'année.

Par conséquent j'ai vidé les hangars que je n'utilisais pas de tout ce dont j'ai besoin et l'ai mis dans le hangar sept. Je ne continue qu'à chauffer les hangars huit et sept.

Dans le hangar sept j'ai commencé à fabriquer des imprimantes 3Ds pour commencer à créer des robots à échelle industrielle. J'y dormirai aussi, jusqu'à ce que je me sois aménagé un meilleur endroit où me reposer. En arrêtant de chauffer des hangars un à six j'aurai de quoi tenir deux ans et demi, c'est plus que suffisant pour trouver une solution à mon problème d'énergie.

6/6/1

Bon pour le problème d'énergie je sais ce que je vais faire désormais. Je vais transformer tout le hangar six en usine de robots, c'est le hangar le plus proche de la sortie de la base. Les robots seront fabriqués dans ce hangar puis ils devront aller me chercher les minéraux dont j'ai besoin en surface.

Les villes désertes seront d'excellentes zones d'approvisionnement. Les stations nucléaires et centres d'enrichissement d'uranium me serviront de mines pour disposer de l'uranium dont j'ai besoin pour faire tourner un petit réacteur nucléaire dans le hangar six.

Ce ne sera pas nécessaire de réchauffer ce hangar car il n'y aura que des robots. Il me faudra trois mois pour mettre tout cela au point après cela je t'écrirai donc à nouveau alors, d'accord ?

6/9/1

La programmation n'a pas pris trop de temps. J'ai pu utiliser les bases de données que les programmateurs de la base militaire avaient déjà mises au point pour un nouveau drone de reconnaissance.

Pour mes robots ça a quand même duré un bon bout de temps avant qu'ils ne comprennent ce que j'attends d'eux. Le plus important est qu'ils ne me ramènent pas de matériaux radioactifs. Ils partent et viennent désormais, je les ai en plus programmés pour rester discrets... très discrets.

Il y a encore des armées avec d'innombrables robots de guerre en train de s'entre massacrer avec zèle en surface malgré tout. Tout ce que ces machines savent faire c'est détruire donc mieux vaut-il qu'ils nous ignorent autant que possible. Je n'aime pas l'idée d'être tué, je n'ai jamais été tué mais mon instinct me dit qu'il vaudrait mieux remettre cette expérience au plus tard possible. La partie la plus laborieuse dans le hangar six était la création du mini-réacteur nucléaire. D'abord j'ai commencé à m'inquiéter au sujet de la radioactivité que cela engendrerait jusqu'à ce que je programme quelques robots pour aller me chercher les matériaux nécessaires afin de créer un bouclier contre la radioactivité.

D'autre part, dans le hangar huit, j'ai eu affaire à une invasion de vermine sur mes végétaux. C'était infernal, je n'arrivais pas à les exterminer. Par conséquent j'ai décidé de fermer le hangar après avoir pris les plantes et insectes nécessaires pour tout recommencer plus tard. Je me suis assuré qu'il n'y a plus de vermine sur les plants que j'ai prélevés ainsi que n'importe où ailleurs dans la base puis j'ai cessé de chauffer le hangar huit durant quelques jours. Deux semaines plus tard j'ai fini par recommencer à chauffer la pièce. Il n'y avait plus rien de vivant dans la pièce. Tout a gelé, les robots agriculteurs n'avaient évidemment pas été altérés par le froid. J'ai ensuite replanté mes plants et remis les insectes dans leurs bacs puis la vie a repris son cours. J'ai été grandement satisfait de ne pas avoir à déplorer un retour de ces foutus parasites. Hormis ce petit problème j'ai programmé mes robots collecteurs qui feront tourner leur petite usine du hangar six à plein régime d'ici trois mois. Je te réécrirai alors, je verrai ce que je ferai de ces ressources.

31/12/1

Joyeux nouvel an ! L'usine du hangar six a mis un peu plus de temps que prévu avant de tourner à plein régime. Mais ça n'a aucune importance, c'est réglé. Il ne reste plus que l'émanation de dioxyde de carbone qui peut poser problème. Même si le purificateur d'air suffit à régler ce problème j'ai développé un procédé chimique pour concentrer ce carbone et ensuite le mettre dans le hangar-ferme afin de nourrir les plantes à son tour. J'ai eu trois gros mois pour penser à ce que je vais faire de ces ressources.

Je me suis dit que ce serait une bonne idée de faire des expériences, c'est une des rares choses que j'aime faire. Effectuer des recherches jusqu'à en oublier ce triste monde. Mais que faire de ces découvertes ? Avec qui les partager ? Je me suis donc rendu compte que ce que je fais ne mène à rien. D'ici un siècle il ne restera plus que les machines agricoles la ferme et celles servant à collecter les minéraux…

Ce serait plus inoffensif mais tout aussi absurde que les armées de machines qui font trembler la surface de la terre ainsi que les éventuels autres survivants. Donc me voilà arrivé au problème principal de tout système biologique, comment endurer au fil des siècles, comment survivre ? Devenir immortel ? Impossible, tout le monde meurt un jour. Il faut trouver une autre solution qui sera plus fiable.

Hélas, je ne vois pas comment je pourrais trouver d'autres humains. Il faudrait être complètement fou pour voyager sur la surface avec toutes les armées hostiles qui y errent en quête d'ennemis. Donc il me faut trouver une solution alternative. Le clonage, ça me semble être la meilleure solution disponible. Je garderai quelques cellules-souches qui me permettront de me cloner durant les siècles à venir jusqu'à la fin de cet hiver nucléaire et la fin de ces armées de machines détruisant tout ce qui peut encore l'être sur la surface de la Terre. Quelques cellules-souches qui seront maintenues immortelles grâce à un phénomène semblable à la neurogenèse secondaire… ça doit être faisable. En plus cette solution me débarrassera de la plaie de toute ma vie, être forcé de cohabiter avec des abrutis. Mes clones seront au moins aussi intelligents que moi, en plus un collège de cette base était en train de développer un projet de super soldat dans lequel il pouvait concentrer l'activité cérébrale dans certaines zones du cerveau. Le gouvernement voulait créer des militaires surdoués en combat et en capacités de survie de base mais incapables d'activité cognitive à une autre fin. En plus concret ils voulaient faire des machines à tuer biologiques.

Mais si je peux transformer ce programme génétique je pourrais, et ce à volonté, me faire des clones déjà brillants au départ. Des chercheurs géniaux dans n'importe quel domaine en concentrant leur activité cérébrale pour certaines fonctions bien définies.

Mais faire en sorte qu'ils soient capables de s'adapter, de vivre et réfléchir librement non comme c'est prévu au départ dans ce programme de super soldats.

Il ne me reste plus qu'à trouver le moyen d'enseigner rapidement tout ce que mes clones doivent savoir. Pas question de passer toute ma vie à leur apprendre tout mon savoir par les moyens classiques.

Il faudra que je trouve un moyen pour régler ce problème, ce sera ça mon véritable défi. Je t'écrirai à nouveau lorsque j'aurai mis le projet de clonage à exécution.

2/5/2

Le hangar six tourne à plein régime me fournissant des centaines de kilos de minerais en tous genres. Les minéraux y sont refondus puis transformés en les divers outils dont j'ai besoin.

Le hangar huit quant à lui a produit beaucoup trop de nourriture. Par conséquent j'ai décidé d'exploiter une partie du hangar ferme autrement.

Cette nouvelle façon d'exploiter consistera à expérimenter sur la majorité de la surface afin de trouver des moyens pour augmenter l'efficacité de la production de nourriture.

Pour l'instant ça ne sert à rien mais dès que j'aurai des clones ils devront aussi se nourrir. Et je ne sais pas encore combien j'en fabriquerai donc mieux vaut avoir un peu d'ambition et trouver le moyen d'optimiser ces moyens de production.

Le hangar sept me fait plus penser à une salle d'expérimentation mélangée bordéliquement avec une salle de vie que quoi que ce soit d'autre. Il y a bien sûr aussi les machines pour purifier l'air et l'eau ainsi que pour réchauffer le tout.

En plus de ça j'ai décidé de commencer à chauffer le hangar cinq, ce sera le hangar de clonage. Drôle de coïncidence, si je me souviens bien le nombre cinq est le nombre symbolisant la vie.

J'ai fini par choisir de créer des sphères de verre emplies de liquide amniotique. J'y développerai les matrices pouvant accueillir les embryons de mes clones. Je n'ai pas trouvé de moyen d'accélérer le processus de gestation mais j'ai réussi à trouver une piste pour l'apprentissage accéléré.

J'ai trouvé une possibilité afin de connecter les clones à un ordinateur central. J'ai déjà testé avec quelques rats que j'ai trouvé dans le hangar sept et les résultats sont satisfaisants. Quant aux rats ayant survécu à l'expérience j'ai décidé de commencer un élevage en cage dans le hangar huit. Dans le futur nous aurons besoin de rats pour nos expériences, beaucoup de rats... heureusement que c'est une espèce prolifique.

Les sphères prendront un mois à fabriquer, ce qui me prendra le plus de temps seront le liquide amniotique, dont j'estime que la fabrication me prendra six mois, et la conception des matrices, qui me prendront approximativement un an. Le plus dur sera de réussir à synthétiser en quantité suffisante des cellules souches sur base de mon propre code génétique. Après cela il me faudra créer des matrices, les chromosomes devront être activés dans le code génétique pour obtenir les matrices seront aisément développés sur base de mes propres gènes quoique je suis sûr qu'il faudra chipoter un peu là-dessus, cela risque de prendre du temps.

Je te ferai un rapport une fois tous les trois mois sur l'avancement de ce projet.

1/8/2

La programmation des machines du hangar cinq, la fabrication des sphères de verre et diverses machines de fabrication de liquide amniotique ainsi que de contrôle du métabolisme dans sphères de verre sont au point.

Je développerai les matrices à l'intérieur de chacune des sphères une fois que j'aurai fabriqué suffisamment de liquide amniotique en chacune d'elles.

Quant à la mise au point des matrices en soi je suis sur le bon chemin… du moins je l'espère.

1/11/2

Le sol a tremblé, même les rats étaient terrorisés. Moi-même j'ai préféré couper tout circuit électronique ainsi que le chauffage central des hangars afin d'être certain de ne pas être repéré par les détecteurs de chaleur et radars en tous genres. Une armée de ces machines se déplace deux cents mètres au-dessus de ma tête, sur la surface.

Ça fait déjà plusieurs jours que j'entends sans le moindre répit des millions et millions de machines se déplacer là-haut, des millions de bruits de chenilles, de pas et de moteurs. Je sens la terreur jusqu'au fond de mes entrailles. Néanmoins je garde espoir, ces messagers de la mort, sans âme qui continuent à perpétrer leur néfaste tâche finiront bien par passer.

Hélas le temps joue contre moi, d'ici trois jours mon hangar d'habitation arrivera à la température de moins dix degrés Celsius. Avec quelques robots j'ai fabriqué un petit espace de survie pour mes insectes, mes rats et quelques plantes ainsi que pour moi évidemment. J'ai aussi fait fabriquer une petite sphère en verre pour continuer d'étudier le développement des matrices.

En attendant qu'ils passent je n'ai qu'à attendre en espérant qu'ils ne me repèrent pas, et que je ne gèle pas.

13/2/3

Ce matin je me suis réveillé en sursaut, pas que j'aie entendu quelque chose de spécial mais je n'ai justement pas entendu quelque chose que j'aurais dû entendre. Les bruits des millions d'avions, chenilles et pas de ces machines de guerre avaient cessé.

Je reste encore discret durant une semaine ... on ne sait jamais. Je te réécrirai d'ici sept jours, d'ici là sache que je pense bien avoir fini avec le projet de la matrice.

Je suis occupé depuis quelques jours à celui de l'apprentissage in vitro des clones. Je survivrai, je me fous du prix à payer, qu'importent les défis. Je survivrai à cette nuit glacée et à ces foutues machines. Je survivrai à la Nuit... je te le promets.

20/2/3

Finalement, le retour à la vie normale... enfin, normale pour un monde post apocalyptique quoi.

J'ai réactivé mes robots de collecte ainsi que le chauffage dans chacun des hangars. Les hangars huit et cinq ont étés remis en activité. En ce qui concerne au hangar cinq c'est un désastre, tout est à refaire, le liquide amniotique ayant gelé les sphères de verre ont étés brisées à cause de la prise de volume du liquide lorsqu'il a gelé.

J'avais oublié de couper l'approvisionnement en air de ce liquide amniotique. Par conséquent le tout a pu geler. C'est désolant à voir mais bon, j'ai survécu, au prochain passage d'une de ces armées je vidangerai les sphères de liquide amniotique avant de couper le chauffage central. Le hangar six recommence à fabriquer des sphères de verre, au moins je sais déjà comment faire, la programmation est déjà complète, ça ne prendra qu'un mois cette fois-ci.

D'ici là j'approfondirai mes recherches sur les matrices et l'apprentissage in vitro. Mais avant cela je vais mettre au point de quoi pouvoir couper toute l'alimentation des hangars rapidement sans avoir à souffrir d'éléments imprévus comme ça a été le cas pour le liquide amniotique.

Je te réécris dans trois mois, d'ici là j'aurai sans doute déjà réinstallé les sphères de verre, empli la moitié des sphères de liquide amniotique. Mais je fabriquerai déjà quatre sphères que je remplirai en priorité afin de continuer le projet à un bon rythme, souhaite-moi bonne chance.

30/05/3

Les nouvelles sphères de verre sont installées. J'ai opté pour un modèle plus résistant. J'ai profité de l'occasion pour améliorer certaines choses par rapport au modèle précédent. Ensuite, en ce qui concerne le liquide amniotique, ça se passe plus vite que prévu vu que j'en suis à mon second essai. J'ai déjà trois quarts du liquide amniotique total nécessaire. Quatre sphères sur l'ensemble ont déjà étés remplies et les matrices suivent leur processus de développement tranquillement et en conditions optimales. Je suis assez optimiste quant à la suite du projet. En ce qui concerne les quelques expériences que j'ai engagées pendant le passage de l'armée des machines je suis arrivé à diverses conclusions. Un drone a réussi à me rapporter des restes d'algues contenant encore un code génétique intact. Avec ça je pourrai en fabriquer à nouveau puis, lorsque j'en aurai commencé la production, je pourrai en consommer. J'en produirai en vasques cylindriques, grâce à cela je pourrai recycler les divers déchets biologiques que je produis ainsi que ceux du hangar huit plus efficacement. Ça aura besoin de peu de lumière et vu que les pièces des hangars ont une hauteur de quinze mètres je vais le faire diviser en trois étages tout comme je l'ai fait avec le hangar six. Les deux étages dans le hangar huit seront destinés à la fabrication d'algues pour moi, les insectes et les rats.

Le second étage de ce hangar sera quant à lui destiner à la production d'insectes et de végétaux. J'ai opté pour ne plus faire pousser les plantes sur une surface plane mais dans un cylindre. Au centre de ce cylindre j'installerai une lampe en forme de tube. Cela optimisera la production de nourriture ainsi que l'efficacité de l'utilisation de l'énergie dépensée pour ces lampes.

Finalement le troisième étage sera destiné aux diverses expériences afin d'optimiser la fabrication de nourriture. Actuellement ça devrait suffire pour assurer la subsistance de dix personnes, moi compris. Je suis donc à l'abri côté nourriture pour après ce premier essai de clonage. Si la suite est un succès je fabriquerai des clones en quantité. Il me faudra probablement réorganiser les hangars que j'ai à disposition afin d'avoir une production suffisamment importante de nourriture, de matières premières, de fabrication de clones, de zones d'habitation ainsi que d'espace pour accomplir nos expériences.

Lorsque j'en aurai fini avec ce projet de clonage et que la formation des premiers clones sera terminée je pourrai enfin voir l'avenir avec espoir et optimisme. Je te réécrirai d'ici trois mois quant à l'avancement de mes projets.

24/8/3

Tout se déroule sans le moindre encombre. La nourriture est produite en abondance. Les robots récolteurs de matières premières à l'extérieur font un bon travail. J'ai même développé une petite escouade de drones volants afin de patrouiller dans un rayon de cent kilomètres. Cette escouade pourra me prévenir à l'avance du passage d'armée de ces machines folles. Les matrices fonctionnent bien et ont accepté les cellules-souches que j'ai fabriquées. Cinq clones sont déjà en voie de développement. Concernant les vasques restantes je suis en train d'y développer d'autres matrices. J'ai enfin eu le temps de réfléchir à tout ce qui s'est passé depuis le début de la Nuit. Il y a environ trois ans j'étais sur la surface en train de me promener dans un parc, comme le soleil me manque… comme les autres me manquent. Je me suis rendu compte que tu es en fait mon dernier ami… ce serait donc ça tout ce qui reste de l'humanité ? Un sociopathe et son journal intime… quelle ironie, nous qui étions sur le point de partir à la conquête des étoiles.

Nous n'avions pas besoin d'un élément extérieur pour être vaincus en fin de compte. Il aura suffi de laisser notre folie suivre son libre cours.

D'une certaine manière le destin de l'humanité avait déjà été scellé depuis la naissance du premier humain, depuis l'apparition de la nature humaine. Mais qu'importe, j'atteindrai les étoiles et surtout, je survivrai aux machines.

D'ici sept mois les clones auront fini leur période de gestation. Je devrais d'ailleurs leur préparer des lits et autres mobiliers avec ce que les militaires m'ont laissés. D'une certaine manière je m'en veux de les faire venir au monde dans un contexte aussi hostile. Néanmoins, le jeu en vaut la chandelle non ?

A dans trois mois pour le briefing trimestriel.

30/11/3

Tout va bien, les rats sont en forme, les insectes aussi d'ailleurs. Les algues ne souffrent d'aucun problème de développement. Les robots collecteurs font leur travail, j'ai même créé de nouveaux modèles plus performants.

M'ennuyant j'ai pris le contrôle manuel d'un des drones de patrouille afin de visiter certains endroits particuliers de la surface.

C'est désolant à voir, j'ai d'abord visité la ville où j'ai passé mon enfance, dans les parcs où j'aimais lire des livres alors que mes frères jouaient au football...

De ce passé il ne reste plus que des cendres et du gel, les maisons sont toutes couvertes de cendres de la forêt qui se trouvait à côté. Le parc aussi n'est plus que désolation, je n'ai pas pu contenir mes larmes devant un paysage pareil. Moi qui croyais ne pas aimer mon enfance... voilà que j'en pleure de nostalgie.

Il ne reste plus que les ténèbres et les ruines comme dernier témoignage de ce passé révolu. Un passé dans lequel l'humanité ne se souciait pas de savoir si elle aurait assez à manger et ne craignait pas pour sa survie au quotidien.

Après cette visite je suis parti à la poursuite de l'armée qui était passée au-dessus de ma base il y a quelques mois. Elle venait de Russie, j'ai étudié leurs machines de guerre en détail autrefois mais malgré cela il y a plusieurs éléments que je n'ai pas pu en déduire.

Où avaient-ils débarqué sur le continent américain ? Ce sera une question qui demeurera sans réponse. Tout ce que je sais c'est qu'ils ont encore parcouru plusieurs milliers de kilomètres après être passés au-dessus de ma base. Finalement ils ont étés interceptés par une autre armée venant de la côte Est des États-Unis. Les restes de la bataille ressemblent plus à une tragédie que quoique ce soit d'autre, pourquoi se battent-ils encore ?

Simplement parce que c'est leur programmation, des machines accomplissant leur tâche dans la plus grande indifférence avant d'être détruites à leur tour dans une même indifférence. Après ce champ de bataille je suis allé jusqu'à Washington. Mon drone a été abattu à dix kilomètres de la capitale par un système de défense automatique. Selon les images que j'ai reçues il y a encore un immense complexe d'usines à l'est de celle-ci, il est toujours en pleine activité.

Le paysage n'est que grisaille et smog à l'exception des hauts fourneaux vomissant les armées de machines partant par navires, avions, véhicules et à pied vers tous les horizons.

Une guerre sans fin, voilà ce à quoi les survivants sont condamnés. Une guerre totale et finale sans une seule âme qui y participe. Il ne reste plus que de l'acier détruisant de l'acier ainsi que tout se trouvant sur son passage dans la plus grande indifférence.

Et de cette guerre-ci même les charognards ne pourront pas profiter.

Déprimé par ce paysage j'ai fini par retourner dans le hangar sept afin d'y fabriquer les sanitaires pour les clones. Maintenant que nous allons être plusieurs il faut bien que j'en fasse.

J'ai programmé les quelques robots de construction dont je dispose afin de transformer le hangar sept en trois étages avec six chambres à coucher. Il y aura aussi une pièce commune pour chacun des deux premiers étages. Il y aura aussi huit chambres à coucher pour le dernier étage.

L'espace ne sera suffisant que pour abriter vingt clones au total.

Je devrai bientôt commencer à fabriquer un second hangar ferme.

Le hangar quatre fera l'affaire.

Je finis ces quelques lignes puis je vais y installer un système de chauffage. Je te réécrirai dans trois mois.

1/03/4

La seconde ferme a été installée avec succès dans le hangar quatre. J'ai même pris le temps de faire quelques petites améliorations techniques desquelles je n'avais pas tenu compte dans le hangar ferme précédent.

Je compte installer les réserves de nourriture dans le rez-de-chaussée du hangar sept, avec la cuisine. La salle commune du second étage sera une sorte de salon.

Dommage que je n'aie pas de livres pour y être entreposés... Au moins je pourrai t'y entreposer toi en attendant d'en avoir plus.

Je vais commencer à fabriquer des livres de biologie, physique, chimie, mathématiques et histoire. Je devrai assigner quelques drones patrouilleurs à la tâche de trouver des livres, il doit bien y en avoir quelques uns qui ont été préservé malgré le tumulte.

À côté de ça le développement des clones se passe plutôt bien, à l'exception du cinquième clone qui est mort dans le processus de développement tous les autres se sont développés de façon satisfaisante.

Je cherche pour l'instant la cause de la mort du cinquième clone. J'espère que ce n'est rien qui pourrait affecter les quatre autres clones. J'ai remis à dans trois mois la naissance de mes clones. Je veux être certain que leur développement et apprentissage sont optimaux.

Je pense aussi faire un second hangar pour les robots collecteurs, le hangar trois.

J'assignerai le hangar deux pour les expériences et quant au hangar un... on verra bien. Je te réécrirai lors du prochain rapport trimestriel. Je suis impatient d'assister à leur naissance !

1/6/4

Un an et six mois, j'ai attendu un an et six mois pour en arriver là, à cet instant précis.

La naissance de mes clones, les héritiers de l'humanité. Comment seront-ils ? Seront-ils des psychopathes invétérés ? Des monstres ? Des gens sympathiques ? Moi ? Je suis nerveux, je veux retarder l'évènement tout en étant impatient qu'il soit terminé, c'est insupportable. Soit, je me décide, je le fais.

Je me lève de ma table refermant mon journal intime. Combien d'années est-ce que j'ai uniquement survécu grâce à ce journal ? Combien de temps... quatre ans et demi je crois. Il est temps de voir le fruit de mes travaux. Il est temps de voir si tous ces efforts en ont valu la peine. Je descends au rez-de-chaussée du hangar sept puis passe par le couloir central du complexe menant vers le hangar cinq. J'observe l'écriteau en acier avec le nombre cinq écrit dans un style assez industriel au-dessus de la porte. Décidément j'adore ce nombre, rond et carré à la fois, blessant et réconfortant, pas

étonnant qu'on ait décidé que ce soit lui le nombre symbolisant la vie. Tout comme le huit, ressemblant au cycle infini de la vie, c'était plutôt bien choisi d'y installer la première ferme... il faut vraiment que j'arrête avec toutes ces superstitions liées aux nombres...
Je n'ai plus qu'à entrer dans la pièce.

Les machines sont déjà prêtes, j'observe les corps adultes de mes clones dans leurs vasques respectives. Ils ont passé un an là-dedans et devront désormais faire face à cette dure réalité. J'en ai presque des remords. Pourquoi ne les laisserai-je pas là-dedans, stagnant dans ce petit paradis à température corporelle ? Je me sens certes coupable, mais à les laisser aussi vulnérables qu'ils le sont, ne serait-ce pas pire ? S'il m'arrive le moindre accident ils seraient condamnés. Non, je ne peux pas permettre cela, la vie a un prix, et ce prix chacun est condamné à le payer, il n'y a pas le choix si l'on veut perdurer malgré cet âge sombre.

Je déclenche le phénomène de naissance avec fermeté et résignation. Commencer sa vie est un accident, la continuer est un choix, la finir est une fatalité, mais mieux vaut-il ne pas trop penser à ce dernier point.

J'observe le premier clone commencer à s'agiter alors que la vasque se vide petit à petit. Après une demi-heure le premier clone est sorti de sa sphère. Je me penche sur lui lorsqu'il ouvre les yeux, j'ai un instant d'hésitation, ma timidité naturelle reprenant le dessus, puis je me décide à dire quelque chose, n'importe quoi mais il faut que je dise quelque chose.

'Euh... Bienvenue sur terre ?'

Il m'observe d'un air naïf.

'Qu'est-ce qui s'est passé ?'

'Rappelle-toi ce que tu as appris in vitro, toutes les réponses sont déjà dans ta tête.'

'Ah, c'est toujours bon à savoir, t'es qui toi ?'

'Ah, eh… ben disons que je suis l'original et toi tu es mon premier clone.'

'Pourquoi tu m'as fabriqué ? Cette réponse est aussi dans ma tête ?'

Je suis assez mal à l'aise, autrefois j'étais déjà mal à l'aise quand je parlais aux gens. Mais en plus après ne pas avoir parlé à qui que ce soit sauf toi durant plusieurs années je ne me sens pas trop à l'aise.

Finalement l'étrangeté due au fait que je parle à une autre version de moi-même n'aide pas trop à garder la tête froide. Alors, contraint par mes propres défauts, j'utilise la meilleure solution que j'ai à disposition.

'Lis ça, tu auras des réponses à tes questions.'

'Parce que je sais lire maintenant ?'

'Tu sais bien parler non ? Tu as appris tout ça in vitro.'

'Ah oui, c'est vrai.'

La situation est un peu surréaliste, l'apprentissage a été tellement rapide qu'il ignore encore ce qu'il sait. Cela peut presque paraître burlesque, avec un peu de recul. Je suis heureux que mon premier exemplaire n'ait pas hérité de ma timidité. Mes autres clones devraient aussi être libres de cette plaie ... probablement. Alors que j'assiste à la mise au monde du second clone, le premier finit de feuilleter mon journal.

'Pas mal, excepte quelques fautes d'orthographe. Mais tu pourrais me dire ce qu'on est censé faire maintenant ?'

Alors que le premier clone essaye de se lever pour marcher par lui-même il s'écroule sur le sol. Je me précipite sur lui pour le relever.

'Ben… je ne sais pas marcher ?'

'Non, désolé, ça tu devras apprendre par toi-même. Je n'avais pas le temps de trouver le moyen de bien régler les paramètres de cette activité dans ton apprentissage. Mieux valait-il que t'apprennes par la pratique.'

Alors que je le relève le second clone reposant sur sa table ouvre les yeux. Je pousse la table du premier clone contre celle du second clone puis repose le premier sur sa table en lui repassant le journal entre les mains.

'Tu lui réexpliques tout d'accord ? Je dois m'occuper de la naissance des autres clones.'

'Compris, eh… il me reste une question…'

'Quoi ? On ne peut pas en parler plus tard ? Je suis occupé là.'

'Bon d'accord.'

Après deux heures j'ai enfin fini de donner naissance aux clones. Le premier ayant expliqué aux autres les quelques détails qu'ils n'ont pas appris in vitro. Maintenant que j'y pense je n'aurais jamais cru un jour être père, mère et sage-femme de mes propres clones… à la fois. Mais bon, on s'adapte comme on le peut, aux situations extrêmes des solutions extrêmes. Alors que tous m'observent je réfléchis à la meilleure façon démarrer la conversation. Soudainement je me rappelle que le premier clone a une question.

'Euh ... toi.'

'Moi ?'

'Non lui.'

'Lui ?'

'Non toi, t'avais une question.'

'Oui, comment est-ce que tu vas nous nommer ?'

'J'y avais pas encore pensé tiens.'

'Moi ça ne me dérange pas de ne pas avoir de nom.'

'Peut-être mais il faudra bien avoir des identifiants différents. Si on ne fait pas ça un d'entre nous pourra appeler Adam et tout le monde se retournera. En plus ça va empirer lorsque nous serons plus nombreux.'

'Donc pas Adam ?'

'On est tous Adam.'

'Ben non, c'est toi Adam.'

'Aussi, je suis l'original, seulement nous avons tous le même matériel génétique et des informations cérébrales très semblables.'

'Ah excuse-moi mais tu nous as chacun donné une spécialité en sur-activant certaines zones cérébrales. Techniquement parlant nous sommes différents.'

'Il a raison tu sais.'

'Bon vous vous taisez je réfléchis !'

Durant quelques minutes les clones m'observent avec un air interrogateur comme des oisillons observent leur mère juste après être sortis de l'œuf.

'Et arrêtez de me fixer comme ça, ça me met mal à l'aise.'

Les quatre regards se détournent de moi simultanément chacun accompagné d'un air gêné. Après deux minutes je trouve enfin la solution.

'Bon on ne portera plus de noms, c'est long, ça prend du temps et en plus on finit toujours par en avoir deux avec le même.'

'On fait comment alors ?'

'Chacun portera un nombre selon l'ordre dans lequel il est né. Le premier né sera nommé Un, le deuxième Deux et ainsi de suite. Ça vous va ?'

'J'aurais préféré un nom mais c'est bon aussi, t'en penses quoi Trois ?'

'Moi ça me va Deux.'

'Pour Un et Quatre ça vous ira aussi ?'

'Pile poil.'

'Oué, mais faudrait trouver un moyen de nous différencier. Pas que j'veux vous vexer mais j'ai du mal à voir la différence entre nous.'

Adam, l'original, ne prend même pas la peine à y réfléchir et répond en improvisant, chose qui n'est pas dans ses habitudes.

'On va simplement mettre nos noms sur nos tenues. C'est simple et clair, ensuite on pourra chacun aussi un peu personnaliser nos vêtements si ça ne handicape pas notre efficacité au travail.'

Adam regarde ses clones avec impatience, vont-ils accepter cette idée ?

Sa crainte de désapprobation continue d'alimenter sa timidité et peur d'échec, mais moins qu'autrefois. Il a moins peur qu'autrefois car désormais il sait qu'il ne peut pas se décevoir étant avec des êtres avec le même potentiel que lui et pensant comme lui. Après quelques minutes tous les clones ont accepté la seconde idée, n'en trouvant pas de meilleure.

'Parfait, nous allons donc commencer les choses sérieuses. En premier lieu il faut vous faire acquérir une motricité suffisante pour que vous puissiez agir et vous déplacer de manière autonome. Ne bougez pas, je vais aller chercher des chaises roulantes pour chacun d'entre vous. Et ne tombez pas des tables ! J'en ai déjà marre de vous ramasser !'

Les quatre clones répondent en même temps de leur voix identique.

'Compris !'

Quelques minutes plus tard je reviens dans le hangar cinq avec trois chaises roulantes.

'Désolé pour l'attente, mais les imprimantes 3Ds finissent de fabriquer le quatrième siège, Un tu es l'ainé tu resteras attendre, compris ?'

'Compris … on t'appelle comment si nous sommes tous Adam ?'

'Ben euh… l'original, ça sonne bien.'

'Compris.'

'Bof, c'est un peu long, j'aurais préféré Zéro moi.'

'Si tu préfères.'

Par la suite je les habille et leur fais visiter les divers hangars utilisés. Je leur explique les diverses tâches à effectuer quotidiennement dès qu'ils seront autonomes. Après cela je nettoie leurs cinq sphères de verre et les prépare pour leur prochaine cuvée de clones.

C'était une excellente journée. Je suis heureux de m'en être sorti sans trop de problèmes ni difficultés. Dommage que le cinquième clone n'ait pas vu le jour mais tant-pis, il faudra se faire une raison. D'une certaine façon je veux appeler un autre clone Cinq. Seulement j'ignore si les autres apprécieraient que je le remplace aussi tôt. Même si d'autre part Cinq n'a jamais vécu et ce n'est qu'un identifiant donc ce n'est pas si grave si on le donne à un autre, après tout, je n'étais pas le seul Adam sur terre non plus non ? Enfin, avant l'Apocalypse du moins... et aussi après cette opération de clonage.

2/6/4

Je me réveille en sursaut, je viens d'entendre un bruit mat dans une de mes chambres voisines. Quelques instants après ce réveil brusque je me rappelle que j'y ai mis Trois le jour précédent. Il a probablement essayé de sortir de son lit par lui-même. C'est ensuite qu'une mauvaise surprise s'est invitée pour la première fois dans mon quotidien pour... trop longtemps. Les clones ont un problème d'incontinence. À part ça tout baigne.

Je te ferai un rapport dans trois mois sur la façon dont ils ont progressé. D'autre part nous avons monté un petit atelier de couture dans la soirée, ayant du temps à perdre et voulant personnaliser nos blouses de laboratoire nous nous sommes mis à la tâche. Par exemple Trois a décidé de mettre une belle broderie comme col. C'est assez bien assorti avec la blouse de laboratoire, pourquoi n'y ai-je pas pensé en premier ?

PS : ils adorent le salon. Un a un don pour la cuisine. Deux et Trois ont commencé à te lire chacun son tour.

Ils sont impatients de pouvoir lire d'autres livres. Bientôt un drone où l'autre que j'ai envoyés en quête de livres devrait revenir avec son précieux butin.

J'espère que ce sera un livre intéressant. J'avais déjà mis dans les critères d'exclusion les magazines et ce genre de connerie donc je crois que je ne serai pas déçu.

1/9/4

Je suis fier de t'annoncer que mes clones apprennent vite. Ils savent déjà marcher dix mètres sans béquilles et ils n'envisagent même plus d'utiliser de chaise roulante. Chacun sait, à l'aide de béquilles, accomplir les diverses petites tâches quotidiennes que je leur ai désignées.

Un est responsable de l'ordre, de la cuisine ainsi que des purificateurs d'air et d'eau assignés au hangar cinq.

Deux et Trois s'occupent des hangars quatre et huit qui servent de fermes.

Quant à Quatre il commence à faire les plans pour les laboratoires du hangar deux. Il s'est aussi découvert une passion pour la calligraphie. Il y a pris goût grâce au premier livre qu'un drone a rapporté, c'était un livre de calligraphie. Les livres suivants étaient une bible et un journal quelconque. Chacun a largement de quoi s'occuper maintenant.

J'ai quelques inquiétudes concernant la surface, un drone de patrouille a repéré une bataille à cinq cents kilomètres d'ici. Cinq cents kilomètres c'est loin... mais en ces temps incertains ces risques ne doivent pas être pris à la légère.

Vu la taille de ces armées de machines ainsi que la puissance de leurs armes, si les choses dégénèrent nous pourrions être exposés au danger.

J'ai commencé à enseigner les mesures à prendre à mes clones au cas où nous devrions débrancher toutes les machines et éteindre le chauffage central pour ne pas être repérés. Moi et Deux avons d'ailleurs commencé à programmer des minirobots pour mettre quelques couches d'isolant supplémentaire autour de nos habitations dans le hangar cinq. Juste pour ne pas mourir de froid la prochaine fois qu'une armée de machines passe au-dessus de nous.

C'est fou comme je suis content de ne plus être seul. Dire que tout le monde pensait que j'étais un sociopathe avant la destruction de l'humanité. En fait il s'avérait que je n'aimais pas tous ces abrutis avec qui j'étais condamné à cohabiter. Je crois même qu'actuellement est la période la plus heureuse de toute ma vie. Si l'on fait abstraction des armées de machines qui détruisent tout en surface et pourraient bien nous trouver et exterminer un jour à notre tour évidemment.

PS : les problèmes d'incontinence sont réglés, c'est très gratifiant de ne plus devoir nettoyer tout... ça.

17/9/4

Certains drones ont réussi à me dégoter plus que des livres. Ils m'ont trouvé quelques bandes-son de musique dont de la musique classique, du jazz, du rock, du pop, du métal, ...

Je suis assez satisfait de tout ça, d'ici peu je vais pouvoir faire une surprise à mes clones.

À cause de leurs problèmes de motricité ils ne peuvent pas encore entrer dans les hangars six, trois, deux et un.

Les deux premiers car avec leurs petits problèmes de motricité s'ils tombent dans une cuve en fusion je ne crois pas qu'ils s'en sortent vivants.

Quant aux autres hangars c'est simplement parce que leur espérance de survie chuterait drastiquement vu la basse température s'ils y restaient coincés plus d'une heure ou deux. Dès qu'ils pourront marcher sans béquilles je les laisserai aller où ils veulent, mais d'ici là... pas question de faire le moindre compromis concernant leur sécurité et ils peuvent me traiter autant qu'ils veulent de mère poule à ce sujet je ne lâcherai pas le morceau.

Nous avons aussi pris le temps de discuter quant à Cinq, est-ce qu'on pourrait donner le nom de Cinq à un autre ? Faudrait-il l'enterrer ?

Les autres y sont indifférents, je constate avec joie que ces principes moraux comme enterrer, faire le deuil etc.... ne sont qu'inculqués et qu'en réalité, à la base , il n'y a qu'une certaine tristesse. Donc nous sommes tous d'accord, un cadavre c'est un cadavre et rien de plus. On le recycle par conséquent, pas de gâchis. En plus, par les temps qui courent, le gâchis pourrait nous mener à notre perte.

Nous avons aussi décidé d'appeler le prochain clone qui naîtra Cinq. Ce n'est pas vu par eux comme le remplacer d'ailleurs. Ils le voient plutôt vu comme une revanche sur la mort.

Si un d'entre nous tombe un autre sera là pour continuer où son prédécesseur avait été arrêté. Un peu comme les prétendus dix mille immortels de l'Empire perse. Pour un des leurs qui tombait sur le front un autre est immédiatement prêt à le remplacer à l'arrière.

Je suis heureux qu'ils soient arrivés à cette conclusion par eux-mêmes, cela signifie qu'ils veulent qu'on survive et ce malgré et contre tout.

31/12/4

Nous avons décidé de fêter le nouvel-an, moi qui déteste cette fête, mais bon ils ont insisté ignorant ce qu'est une fête. On verra bien demain s'ils auront apprécié. Quatre a fini les plans et il s'est mis avec Deux à programmer et concevoir les prototypes des divers robots dont nous aurons besoin pour transformer le hangar deux en laboratoire. Comme d'habitude nous diviserons le hangar en trois étages et chacun des étages en divers petits laboratoires. Chacun des étages étant destiné à une discipline scientifique en particulier.

Le premier étage sera dédié à la biologie, c'est l'étage le plus facile d'accès par rapport aux autres hangars, dont le hangar ferme avec lequel il y aura un maximum d'interaction.

Le second étage sera destiné à la physique, nous y rassemblerons tout l'équipement correspondant à cette thématique.

Finalement le troisième étage sera dédié à la chimie. C'est là que je veux effectuer le plus de mesures de sécurité pour l'instant. J'ai peur qu'une expérience ne tourne mal et qu'on ne s'empoisonne tous. Dans une petite base fermée ça se déroule beaucoup plus vite qu'on le croirait.

Quant aux mathématiques, le salon suffira amplement. Je veux dire, nous n'avons pas vraiment besoin d'équipement pour cette discipline donc ça ne vaut pas la peine de se fatiguer à concevoir un local pour cette activité. Les vieilles carpettes sur le sol et les murs suffiront amplement.

La deuxième génération de clones connaîtra diverses améliorations génétiques par rapport à la première génération. Maintenant que nous avons pu pratiquer une première fois le clonage et que nous sommes cinq sur le coup ça devrait aller beaucoup mieux.

À demain.

1/01/5

J'observe Quatre en train de tricoter sur le canapé au milieu de la pièce. Derrière lui se trouve la table où nous dinons et étudions d'habitude. À cette table discutent Trois et Deux d'un test dont ils ont obtenu les premiers résultats il y a peu dans le hangar ferme. Sur le côté de la table Un lit, d'un air indifférent, un journal de l'ancien monde. Il fait semblant de s'étonner lorsqu'en première page la Troisième guerre mondiale est annoncée.

Autant ne pas tourner autour du pot, aucun de nous n'a envie de faire la fête, surtout… faire une fête d'une autre ère, révolue… à quoi bon ? Par conséquent nous nous sommes mis à discuter.

'Bon je crois que nous sommes tous d'accord. Personne d'entre nous n'aime les festivités.'

'Affirmatif'

'Je ne dirais pas mieux.'

'Yep.'

'Plus jamais ça.'

'Bon alors j'aimerais vous parler d'autre chose maintenant, un sujet qui pourrait nous inquiéter.'

'Quoi donc ?'

'Vous savez tous que ceci est une ancienne base militaire.'

'Oui, bien sûr.'

'Parfait, donc nous sommes tous d'accord que nous sommes ici dans un lieu qui pourrait donc être une cible potentielle d'une quelconque armée de machines. Qu'à n'importe quel instant une armée pourrait nous être envoyée et ravager cette base de fond en comble.'

Soudainement, le peu d'ambiance festive qui aurait pu exister vient de disparaître. Un dépose son journal, Trois et Deux se déconcentrent de leurs résultats d'expériences et se tournent vers moi. Même Quatre s'est arrêté à tricoter.

'Pas faux Zéro, donc on fait quoi ? On se prépare à les combattre ou on fuit ?'

'Partir nous couterait le moins de ressources. Je n'ose même pas imaginer toute la logistique qu'on devait mettre sur pied pour créer une armée pouvant faire le poids face à une de ces armées de machines. En plus vu toute l'activité que cela nécessite nous pourrons être certains qu'une armée de machines viendra pour nous détruire. Ça n'arrêtera jamais jusqu'à ce que tout ici soit réduit en cendres…'

Un silence pesant s'installe, durant les quelques premiers mois de leur existence ils s'étaient sentis en sécurité dans ces hangars. Désormais ils se rendent compte que ça pourrait bien devenir leur tombeau, dans une heure comme dans dix ans. Avec leurs yeux rivés sur moi dans un silence religieux je me sens obligé de continuer à parler, ne fût-ce que pour les réconforter et apporter une solution.

'La suite des opérations est très simple. Nous allons transformer les hangars un et deux en hangars usines pour créer d'autres robots. Ceux du hangar deux serviront de robots de collecte afin de fournir ceux du hangar un en matières premières. La première tâche de ceux du hangar un sera de fabriquer des drones d'exploration en masse. La fonction de ces drones sera de nous trouver un abri sûr dans lequel nous pourrons vivre dans une relative sécurité.

Lorsque nous aurons trouvé la meilleure zone disponible sur ce continent , la fonction du hangar deux sera changée.

Nous y fabriquerons alors des drones-mineurs afin de nous creuser notre nouvel abri.

La première tâche de ces robots ne sera pas de nous faire notre nouvelle base mais de construire des étapes entre ici et notre destination. Là nous pourrons nous abriter et nous reposer durant notre voyage. Une fois que ces étapes seront construites nous concentrerons les tâches de nos drones sur l'excavation de la nouvelle base.

Je propose de la faire à un kilomètre sous le sol. Nous ne devrons dès lors plus éteindre nos machines pour échapper aux capteurs des armées de machines lorsqu'elles passeront au-dessus de nous.

Un kilomètre de terre et de roche devrait suffire pour absorber toute la chaleur et ondes émanées par notre base.

Un accès mènera de la surface à un kilomètre sous la surface vers un cube. Ce cube sera une fortification destinée à entreposer nos moyens de transport et repousser toute attaque venant de la surface pour un temps... considérable. Disons le temps de pouvoir fuir par une autre sortie. Je préfère me préparer à n'importe quelle éventualité

En dessous du cube il y aura un complexe de forme cylindrique. Au centre de ce cylindre se trouvera l'ascenseur nous permettant d'accéder aux huit étages du complexe. Chaque étage fera quinze mètres de hauteur. Il y aura huit hangars par étage qu'on pourra chaque fois subdiviser en trois étages comme ici.'

'Donc ce sera un octogone, pas un cylindre...'

'Si tu préfères, arrête de m'interrompre pour des détails aussi triviaux Trois.'

'Bon d'accord.'

Trois rougit de honte à ma remarque et se met à bouder durant la suite de la discussion, tant mieux, au moins j'ai la paix.

'Chaque étage aura une fonction particulière. En commençant du haut vers le bas, le huitième étage servira à l'industrie, aux entrepôts pour l'équipement militaire, d'exploration et de patrouilles de la base.

Le septième étage servira d'entrepôts et d'usines pour les robots de collecte.

Le sixième comme entrepôt pour notre nourriture et nos matières premières.

Le cinquième comprendra les salles à dormir et où l'on vivra.

Le quatrième comme bibliothèque centrale ainsi que centre informatique du complexe.

Le troisième servira pour les salles de clonage et finalement les deux derniers étages serviront de laboratoires. Tout en dessous de ces huit étages nous installerons encore une petite station nucléaire afin de nous approvisionner en énergie ou peut-être un puits géothermique. L'usage d'un puits géothermique est certes moins rentable en énergie mais aussi moins risqué. C'est plus sûr que de faire usage d'une centrale nucléaire qui pourrait très bien nous anéantir en cas d'accident nucléaire. D'autre part il ne faudra pas nous assurer d'un approvisionnement de matières fissiles.'

'Et on mettra où les purificateurs d'air, d'eau et le chauffage central ?'

'Chaque étage aura ses propres purificateurs et chauffage. Comme ça s'il y a une panne ce sera peu probable que ce soit tout en même temps ce qui pourrait être un véritable problème et même signifier la fin pour nous.'

'Ne parle pas de malheur.'

'Bon ... on commence quand ?'

J'observe les regards décidés de mes camarades d'infortune.

'Maintenant.'

Nous nous levons tous comme un seul homme. Ce soir-là nous nous organisons pour savoir qui fera quoi, il est impératif de nous mettre d'accord là-dessus afin d'optimiser nos chances de réussite et de survie.

Je m'occuperai du développement des clones in vitro.

Un s'occupera du bon fonctionnement de la base ainsi que des robots de collecte.

Deux prend les fermes en charge, Trois et Quatre s'occupent de l'élaboration des hangars un et deux. Une fois que c'est terminé Trois va s'occuper de définir notre destination ainsi que des étapes nous séparant de notre nouvelle base. C'est la phase la plus risquée de l'opération, raison pour laquelle on va allouer tout le temps d'un des nôtres à son achèvement. C'est alors qu'on risque d'être repérés et éliminés par les machines de guerre.

Quant à Quatre il va s'occuper des robots qui créeront notre nouvelle base. Il s'agira d'excaver le souterrain dans lequel nous construirons la base. Vu que le peu d'énergie sur lequel nous pouvons compter sont est soit de nature nucléaire, soit de nature géothermique, il faudra qu'elle soit élongée le plus possible vers les profondeurs de la terre.

Premièrement parce que la chaleur se trouve dans les profondeurs.

Deuxièmement parce que la chaleur émanée par les circuits d'une centrale nucléaire nous rendrait trop facilement repérables si nous ne sommes pas assez éloignés de la surface. Aussi parce que en cas de catastrophe nucléaire je préfère que ce soit le plus loin possible de la partie habitée de la base.

Je suis assez enthousiaste quant à ce projet, en plus d'être certains d'être en sécurité nous aurons enfin des moyens défensifs et beaucoup plus d'espace.

La fabrication de nourriture pourra encore être optimalisée, ainsi un seul étage de hangars-fermes suffira, en plus le dernier des trois étages de chacun des hangars fermes ne servira plus à faire des expériences.

Les expériences seront reléguées aux laboratoires de biologie qui seront dans les deux derniers étages. Je sens que cette nouvelle année ne va pas manquer de défis.

2/1/5

Ce matin nous nous sommes réveillés tôt. Fini de lire, de dessiner ou même de faire de la calligraphie pour passer le temps. Nous avons un but désormais.

Cet endroit n'est plus sûr pour nous. Il ne l'a d'ailleurs jamais vraiment été. Ce lieu doit être archivé au moins dans les bases de données de notre gouvernement si pas dans celles des services de renseignements de nos ennemis d'avant-apocalypse. Par conséquent nous pouvons être retrouvés par ces armées de machines venant d'un peu partout.

Ces armées nous considèreront certainement comme des ennemis potentiels et donc vont tenter de nous éliminer. Nous n'avons pas d'autre choix que de quitter cet endroit au plus vite pour un lieu vraiment sûr.

C'est lorsque je vérifie le bon fonctionnement des sphères ainsi que celui des matrices à l'intérieur de chacune d'entre elles que j'entends Trois et Quatre travailler avec acharnement dans les hangars qu'ils ont mis à chauffer le jour précédent.

Ils se sont mis à assister les robots de construction afin de s'assurer de ne pas prendre de retard sur notre horaire.

J'ai au moins une satisfaction supplémentaire par rapport à mon ancien travail. J'œuvrais autrefois pour une cause dont je ne connaissais pas le véritable but. Je ne luttais pas pour un

objectif que je jugeais par moi-même comme
juste ou simplement profitable. Mais aujourd'hui
je me bats, nous nous battons, pour la plus juste
des causes à mon avis, nous nous battons pour
notre survie. Qui sait ? Nous sommes peut-être le
dernier vestige de l'humanité après tout. Je te
réécris dans trois mois, nous devrons
probablement être prêts. Les autres clones
devront d'ici là aussi être fabriqués, ou devrais-je
dire nés ?

18/2/5

Les travaux ont bien progressé. Un problème de
dernière minute est que nous nous trouvons à
l'étage le plus profond de la base. Par
conséquent nous devrons remettre l'ascenseur
en marche afin de pouvoir l'utiliser. Il nous servira
à remonter les prototypes d'avions et autres
machines de guerre à la surface afin de les
tester. Autrefois c'était déjà utilisé pour les
prototypes de véhicules et armes que je
concevais par conséquent ça devrait aussi
marcher pour notre équipement, il suffit de
restaurer l'ascenseur.
Depuis quelques jours Quatre fait voler des
modèles miniatures des drones qu'il est en train
de développer pour en évaluer les besoins
énergétiques et la résistance sur le terrain de
manière empirique.
Il est allé jusqu'à faire un modèle de cent kilos
puis lui tirer dessus en plein vol afin de voir si le

blindage tient bien. Le modèle qu'il envisage de créer pèse dix tonnes. En plus de ça il compte en faire plusieurs. Comme le proverbe le dit mieux vaut-il ne pas mettre tous ses œufs dans le même panier, sauf que dans ce cas-ci il s'agira de clones dans le même drone.

Si un de ces drones tombe en panne au milieu du trajet il y aura toujours les autres pour récupérer l'équipage du drone défectueux. S'il n'y a qu'un seul drone il ne nous resterait plus qu'à parier si ce sont les machines ou le froid qui nous achèveraient en premier.

Les robots collecteurs s'affairent jour et nuit. Ils sont tellement fébriles dans leur quête de matières premières que j'en ai vu deux se battre pour un petit bout de métal. C'était incroyablement mignon à voir.

Ils ne sont pas censés se battre ni même savoir comment faire. Malgré leur programmation ils auraient un début de volonté propre, de capacités d'adaptation, comme un petit animal primitif.

C'est plaisant de penser à ça, je devrais emporter ceux que j'ai vus se battre, ceux qui sont plus que de simples machines. Ça pourrait être un sujet d'étude passionnant, la conscience d'être de l'intelligence artificielle. Même si vu les malheurs causés par les armées de machines beaucoup d'humains pourraient considérer cela comme déplacé voire choquant.

Mais je m'en fous, les rares survivants potentiels qui ne sont pas déjà morts sont en train de tout faire pour survivre et sont loin de moi, donc ils ne m'emmerderont pas.

Au plus que je pense aux bons côtés de cette Apocalypse au plus que je l'apprécie.

Fini les emmerdes, fini de se faire juger pour ses centres d'intérêt, je peux enfin être moi-même sans aucune limitation pseudo morale.

Se pourrait-il que la mort de tous ces abrutis m'ait enfin donné le gout de vivre ? Je le crois en tout cas, depuis que je suis débarrassé de ces abrutis tout va bien mieux pour moi, juste quelques petits risques et difficultés en plus mais ceux-là en valent largement la peine et en plus, que serait la vie sans un peu de piquant ? Les travaux et les expérimentations liées aux drones servant à notre transport seront très monotones je crois, je ne t'écrirai qu'une fois le voyage entamé, souhaite nous bonne chance.

PS : Je crois que je vais appeler mon robot collecteur préféré, un des deux qui se battaient pour un bout de métal, Bob. C'est le nom de mon ancien chef Bob, je le détestais quoique je trouve son prénom hilarant. Au moins le meilleur de lui aura survécu à cette Apocalypse, son prénom ridicule.

1/3/5

La journée a bien commencé, à l'instant où je t'écris nous sommes dans un petit convoi de drones volant à basse altitude afin d'éviter d'être repéré par des radars.

Les quinze nouveaux clones sont nés hier soir à peine, il y en a cinq dans chacun des trois drones de notre convoi. Deux et Quatre supervisent le drone de tête, moi et Un nous occupons du drone arrière et Trois s'occupe du drone au milieu de notre petit convoi.

Lorsqu'il se repose il met son drone en pilotage automatique afin de suivre le drone de tête, c'est plus risqué mais c'est le mieux qu'on puisse faire. Notre activité principale est de vérifier que le moteur et ordinateurs de bord de nos drones de transport fonctionnent correctement ainsi que de s'assurer que les zones que nous traversons soient sans danger.

Des centaines de petits drones de patrouille volent jusqu'à une centaine de kilomètres du convoi afin de vérifier que personne ni rien n'aurait la moindre chance de nous repérer. Nous sommes assez peu à l'aise, la première étape prendra soixante-trois heures si tout se passe comme prévu.

Ensuite nous devrions atteindre notre première halte, nous y ferons le plein de carburant que des robots collecteurs, déjà envoies sur place depuis quelques semaines, ont collecté.

Nous ne nous y attarderons pas, rester trop longtemps dans un endroit sur la surface n'est pas une chose prudente. Au plus vite ce voyage sera terminé, au plus vite nous serons en sécurité. Une armée de robots se trouve au sud de notre position, une autre à l'ouest. Quoiqu'ils soient plus lents que nous je préfère m'assurer de garder un maximum de distance entre nous et eux.

Si nous avons la moindre panne nous n'aurons pas le temps de réparer en cas de poursuite, en d'autres termes nous serons foutus.

J'ai l'impression, quant à la suite, de te présenter un bulletin météo mais tant pis, je me lance, la température extérieure fluctue entre moins septante et deux mille degrés.

L'extremum de deux mille degrés étant sur les champs de bataille les plus récents où les derniers restes de ces armées folles se consument dans un bruit monstrueux de réacteurs et de moteurs en fin de vie ainsi que de métal se tordant sous l'effet des violents changements de température.

C'est un hurlement semblant sortir tout droit des enfers si je fais appel à mon imaginaire.

Nous avons déjà contourné les restes d'un champ de bataille depuis le début de notre périple sur la surface. Je n'ai pas de mots pour décrire cette horreur, quoiqu'il n'y ait que de l'acier là-dedans j'en ai des frissons dans le dos. Les innombrables silhouettes tordues et déchiquetées de machines ressemblant encore en partie à des humains me glacent les sangs. Les ombres des derniers incendies et explosions semblent encore faire danser les ombres macabres de ces restes comme des chimères hantant le champ de bataille.

Et tout cela sous un ciel complètement obscur, serions-nous en enfer ? Serai-je en fait mort et je m'imagine encore en vie ?

C'est une possibilité à envisager, dans tous les cas je suis pressé de finir ce trajet, j'ignore le temps qu'il faudra encore à ces armées sans âmes pour toutes disparaître de notre monde ravagé mais cela prendra probablement des siècles.

D'ici là nous patienterons, lorsque ces machines folles auront été consumées par l'absurde tâche qui leur a été assignée nous pourrons recommencer à habiter la surface et, qui sait, trouver d'autres survivants ?

En tout cas c'était sage de la part de Trois et Quatre de choisir des drones volants comme moyens de transport. Plus aucune route n'est intacte, il n'y a plus que de la boue gelée, du béton fracassé et des montagnes éventrées sur notre chemin. Les armes utilisées par les armées mécaniques sont tellement terribles que même des chaînes de montagnes ont cédée face à leur fureur.

Ces scènes étaient moins terrorisantes lorsque je regardais cela derrière un écran télé, au fond de mon abri.

Cette guerre aura probablement refait en partie la géographie de notre monde.
Dans l'ensemble je garde bon espoir en regardant les diverses photos de notre nouvelle base. Elles ont été prises depuis les capteurs optiques des robots de construction.
Le béton des murs est lisse, souple et résistant à la fois, c'est du travail bien fait.

Incroyable que cela ait été fait par des simples robots. Je ne leur connaissais pas une telle dextérité, Trois et Quatre se sont surpassés. Les robots ont déjà fabriqué les machines nécessaires aux diverses tâches de base.
Les automates de défense militaire sont déjà opérationnels. Ceux qui doivent collecter les matières premières ont déjà commencé leur tâche depuis bien longtemps. Quant aux robots des hangars fermes, ils attendent qu'on leur apporte de la terre non irradiée en quantité suffisante mais surtout les animaux, végétaux, algues et insectes qu'ils ne peuvent plus trouver dans les environs de notre nouvelle base.
Quant aux textiles synthétiques pour nos draps de lits, vêtements et autres ils sont en voie de fabrication.
Que cette base ait été faite en si peu de temps m'étonne encore. Je crains les défauts de construction, je devrais fabriquer un clone pour anticiper les problèmes y étant liés.
Bon enfin, les trois étages les plus profonds sont encore en finition, mais cela reste un exploit.

Comme quoi c'est surtout la motivation qui compte.

Je dois te parler d'une dernière chose, nous avons fait exploser l'ancienne base militaire juste avant notre départ. Nous avons préféré être sûrs de ne laisser aucun indice quant à l'endroit où nous allions ou quelque information ce soit pouvant mener à notre nouveau repère.

Il ne reste plus que des gravats de l'endroit où nous avons passé ces cinq dernières années. D'une certaine manière ça me rend triste, je crois bien que j'aie fini par considérer ce lieu comme mon foyer. Pour les nouveaux clones je les ai nommé de Cinq à Vingt, chacun a sa spécialisation. Il y a de tout, des chercheurs, des ingénieurs, même un sociologue, j'espère qu'il ne nous causera pas trop d'ennuis. Néanmoins je me suis dit qu'il serait sage d'en avoir un, nous devenons une communauté après tout, il pourrait nous être utile.

Je te réécris lorsque nous serons arrivés à destination.

PS : J'ai craqué, j'ai emporté Bob et John, ce sont les deux robots collecteurs qui se battaient dans la base. J'ai vérifié leurs disques durs ainsi que leurs processeurs et tout ce qui leur sert à penser. Ils ont bel et bien un défaut de fabrication, je vais tenter d'accentuer cet effet. J'aurai peut-être des êtres mécaniques comprenant le monde extérieur comme des animaux et non des simples programmes

singeant ce qu'on leur a programmé sans même comprendre quoi que ce soit par eux-mêmes.
Je pourrais peut-être même envisager d'ajouter des parties biologiques dans leur système de cognition afin d'accentuer cette caractéristique.

21/3/5

Nous voilà arrivés à destination ! Tout s'est bien passé, nous avons ordonné aux machines de déclencher les purificateurs d'air deux jours avant notre arrivée.
Concernant les divers chauffages ils étaient déjà en usage afin d'avoir les bonnes températures pour que le béton sèche correctement au lieu de geler.
Une fois arrivés sur place nous avons pu constater avec satisfaction qu'aucun imprévu n'a eu lieu. Bob et John se sont pressés dans la base à la recherche de bouts de métal à collecter, ils sont incroyablement mignons.
Je crois que je vais vraiment les garder comme animaux de compagnie ou mascottes. Plus personne de l'équipe n'a envie de leur faire prendre le moindre risque en les faisant sortir de la base.
Chacun des Adams a pris possession d'une chambre avec un nombre sur la porte, son propre nombre en l'occurrence c'est plus facile, j'ai la chambre Zéro par exemple. Nous devrions être vingt par hangar, d'autre part il y a huit

hangars. Nous donc pourrons être à cent soixante au total.

Lorsque nous serons à cent soixante dans la base il faudra soit agrandir l'agrandir soit en concevoir une deuxième plus loin.

La seconde option me semble être la plus prudente. Ainsi si une des deux bases est détruite l'autre des deux communautés survivra au moins… mais bon, excuse-moi pour ces pensées sombres.

Je préfère envisager le pire quoique j'espère le meilleur. Concentrons-nous plutôt sur des choses un peu plus joyeuses !

Les travaux des deux derniers étages sont presque terminés. Nous avons commencé à faire tourner les hangars fermes ainsi que les salles de clonage. Nous avons décidé de favoriser la qualité à la quantité, on peut se permettre ce luxe.

Dans chaque hangar de clonage se trouvent dix sphères de verre dans lesquels nous développerons des clones d'ici quelques mois. Donc il nous faudra six mois pour développer les matrices, dix mois pour développer le clone et ensuite deux mois pour que la matrice se remette de la naissance du clone et pouvoir recommencer la fabrication d'un nouveau clone. Par conséquent la prochaine cuvée de clones naîtra d'ici environ dix-huit mois. Nous aurons par la suite, si nous faisons marcher les salles de clonage à plein régime, une génération de clones chaque an.

Le soir même nous nous sommes rassemblés dans la salle commune du hangar d'habitation dans lequel nous avions élu domicile. Nous sommes en train de manger lorsque je porte un toast à la réussite de notre expédition et de notre survie contre toute attente.

'Les gars je lève mon verre à la réussite de l'opération. Je tiens aussi à annoncer aux quinze nouveaux qu'on va pouvoir prendre le temps de vous apprendre à marcher ainsi que de régler vos problèmes ... d'incontinence pour ceux qui ne l'ont pas encore réglés durant le voyage.

On pensera à régler ce défaut de fabrication pour les prochaines générations lorsqu'on aura le temps d'y penser.'

Tous ceux qui en ont la capacité motrice lèvent leur verre à cette annonce.

'Je voudrais aussi dire que d'ici deux semaines la base sera entièrement terminée d'ici là donnez des coups de main aux hangars fermes si vous en êtes capables, de moi à Quatre nous nous occuperons de cela aussi à côté des sessions de kinésithérapie vous étant destinées.

Nous serons débarrassés de ces problèmes d'apprentissage de contrôle de votre propre corps dès que de Dix à Quinze seront autonomes. Leur spécialité est justement la kinésithérapie, médecine et tout ce qui concerne la santé des membres de notre petite communauté.'

'Au moins ça nous fera les vacances, il était temps qu'on commence à faire des recherches. Tous ces trucs comme développer une base où on peut survivre c'est utile, je ne le conteste pas, mais... c'est assez ennuyant.'

'Merci pour ta contribution plus qu'utile Trois. Et à l'avenir rappelles-toi de te taire plus souvent merci.'

'Bah pour ce que j'en disais...'

'Justement c'était déjà de trop.'

J'observe Vingt, le sociologue, avec un air de compassion pour son boulot à venir.

La première discussion se solde déjà par une friction, ça promet pour la suite. En plus Deux et Trois n'arrêtent pas de parler oubliant de manger, j'en ai déjà marre alors je me lève pour reprendre la parole.

'Bon Deux, Trois, vos gueules ! On mange, on va faire dodo parce que moi je suis crevé compris ?!'

'D'accord.'

'Pigé Zéro'

Je me rassieds avec un air sévère, néanmoins au fond de moi je jubile, j'ai toujours voulu m'imposer comme ça. Après le repas un et moi nettoyons la table alors que Trois et Quatre aident les autres à monter dans leurs chambres.

'Trois, Quatre !'

Comme un seul homme tous deux se retournent et me répondent d'un air blasé.

'Quoi encore ?!'

'N'oubliez pas les langes !'

Visiblement tous deux énervés par ma remarque ils s'en vont se contentant de râler à voix basse. Je suis impatient, d'ici quelques mois les pédiatres seront prêts et je pourrai enfin recommencer à faire des recherches et même avoir toute une équipe de petits génies avec qui travailler.

Juste quelques mois de patience et ces corvées ne seront plus mon problème. Je ne t'écrirai plus d'ici là parce que les prochains mois à venir seront tout sauf passionnants, mais au moins paisibles et plutôt faciles.

18/6/5

C'est très gratifiant de voir son travail porter ses fruits. De Cinq à Vingt sont désormais autonomes et chacun remplit ses tâches.

Moi, Deux, Trois, Seize, Dix-Sept et Dix-Huit avons, aujourd'hui, visité les hangars dans lesquels nous allons pouvoir faire nos recherches. Quatre quant à lui a décidé de reprogrammer des robots pour creuser autour du fond de notre base. Il veut construire un accélérateur de particules et aussi nous aménager une meilleure sortie de secours au cas où la sortie principale est attaquée par les machines. Il a raison, ces deux choses nous seront probablement utiles à l'avenir.

En plus de ça il a proposé quelques améliorations pour nous permettre de concevoir de nouvelles bases avec une réserve d'urgence au fond de notre base.

Lors des soirées durant lesquelles on est dans le salon, alors que certains personnalisent leurs blouses d'autres ont commencés à fabriquer des programmes de décryptage linguistique pour Bob et John. Ils espèrent pouvoir les faire comprendre le langage humain oral afin de leur faire accomplir des tâches de tous genres rien qu'en le leur demandant dans la vie quotidienne. De cette manière ils pourront aussi réellement communiquer avec eux comme avec des animaux de compagnie d'avant Apocalypse, quand il y en avait encore en vie. Lorsque nous arrivons au niveau des laboratoires nous constatons que les étages ont déjà étés conçus. Néanmoins chacun des étages des laboratoires est encore dépourvu de mobilier. Les murs sont encore gris alors que l'infrastructure en acier et autres alliages légers recouvre encore les sols et plafonds.

Deux et Trois sont à la tête du petit groupe. Ce sont eux deux qui ont effectués la conception des laboratoires de physique sur base des plans. 'Chacun d'entre vous a déjà diverses tâches qui lui sont désignées. Moi et Trois avons pensé, pour commencer, de simplement continuer là où les diverses recherches menées par l'État avaient été arrêtées suite à la dernière guerre. Ensuite nous verrons bien ce qui nous intéressera.'

Personne ne parle dans le groupe jusqu'à ce que Dix-Huit ne brise le silence.

'Moi ça me va.'

'J'ai une autre idée à proposer.'

Tout le monde se retourne vers Vingt, il nous a suivis, qu'est-ce qu'il fait ? Il ne maîtrise que de la physique de base, rien à voir avec ce qu'on fait ici. Trois s'avance vers Vingt.

'Qu'est-ce que tu veux dire Vingt ?'

'Ben j'suis peut-être sociologue mais j'aurais envie qu'on réussisse à entrer en contact avec d'autres humains. Ça pourrait nous être utile voyez-vous. Les physiciens, chimistes, biologistes etc.... de cette base ont tous leurs laboratoires, je suis le seul qui n'a pas l'occasion d'expérimenter. C'est comme si vous ne travailliez rien qu'avec des concepts théoriques, c'est impossible d'obtenir des résultats concrets de cette manière. En plus de ça ma discipline n'est pas une science exacte contrairement à la vôtre ce qui fait que j'ai encore plus besoin de matériel expérimental que vous. Donc si nous pouvions prendre contact avec d'autres humains ce serait sympa. Vous comprenez, quoiqu'on soit des sociopathes maniaques d'autres spécimens m'aideraient à mieux comprendre comment je pourrais remplir ma fonction de la meilleure manière possible.'

Tous observent Vingt d'un air incrédule avant qu'ils n'entendent Dix-Sept parler.

'Il n'a pas tort vous savez, c'est comme pour nous, il a besoin de faire des expériences pour développer sa discipline.'

'Et donc tu proposes quoi Dix-Sept ? Qu'on lui fasse une radio et qu'il tape causette avec tout ce qui émet sur cette planète ? Y compris des innombrables machines de guerre qui butent tout ce qui bouge et cherchent de nouvelles proies en permanence ?'

'Ben... on pourrait utiliser des stations d'émissions intermédiaires. On envoie un robot ou l'autre avec des antennes à quelques centaines ou milliers de kilomètres d'ici installer ces antennes intermédiaires et nous émettons au monde extérieur en passant par ce point-là. Ainsi si notre interlocuteur ne nous veut pas que du bien il nous localise là-bas et non ici. Il nous suffit dès lors de ne plus émettre par cette station afin de rester à l'abri de tout risque d'être localisés.'

Tous se retournent vers moi en attendant une décision.

'Quoi, pourquoi vous vous retournez vers moi ? Ah c'est comme ça ? C'est moi qui dois décider ?'

'Ben... c'est toi l'ainé après tout, c'est donc toi qui a le plus d'expérience.'

'Mhhh, on va plutôt en débattre après le souper et ensuite voter si on ne sait pas se départager. C'est la meilleure solution je crois, vous en pensez quoi ?'

Personne ne trouve quoique ce soit à redire par conséquent je me tourne vers Vingt.

'Vingt...'

'Oui ?'

'En imaginant que tu réussisses à contacter des survivants je veux que tu nous dises ce que tu envisageras de faire alors. Je veux déjà un premier rapport détaillé pour ce soir, lorsque nous devrons débattre je veux de la matière concrète sur laquelle nous pourrons nous baser pour décider. Et, bien sûr, je veux un rapport encore plus complet lorsque nous mettrons le projet sur pied, compris ?'

'Oui mais les sciences sociales ne sont pas des sciences aussi précises que la physique par exemple ? Je ferai de mon mieux mais je ne pourrai rien promettre de parfaitement précis.'

'Pas grave, ce sera déjà ça.'

Ensuite Vingt s'en va d'un pas pressé, visiblement pressé de commencer son rapport. Pendant ce temps le reste du groupe continue à écouter Deux et Trois quant à la mise en place des laboratoires et des diverses tâches à accomplir. J'espère qu'il n'y aura pas de tensions, c'est en ce genre d'accalmies que des tensions se forment dans un groupe.

23/7/5

Je fixe Treize droit dans les yeux, je vois une goutte de sueur perler sur son front. Neuf quant à lui a un léger tic nerveux au bord de l'œil gauche. Ça veut dire qu'il vient de me mentir si ses tics sont les mêmes que les miens. Néanmoins sachant qu'il sait que je connais ses tics il joue peut-être la comédie. Alors c'est du bluff ou pas ? Il se peut évidemment aussi que sachant que je sais qu'il sait il ait décidé de ne pas commettre cette fourberie et que ceci est réellement un manque de maîtrise de soi…

Un quant à lui semble bien à l'aise, il mange des spaghettis aux algues à côté de ça observant la scène non sans un certain amusement.

Finalement c'est Sept qui prend la parole.

'Les gars, c'est l'heure, il va falloir mettre cartes sur table, nous nous sommes assez menti. Fini avec la manipulation, les coups tordus et les complots, c'est l'heure de vérité.'

Tous s'observent d'un air sombre et résilié.

'Oui, il est temps d'en finir.'

Je ne vois que haine sortir tout droit des yeux de Cinq à cette remarque. Onze quant à lui a un rictus sadique tout en fixant Deux qui semble de moins en moins à l'aise.

'Alors Deux ? On est mal à l'aise ? Il est temps d'abattre tes cartes bluffeur.'

Deux semble nerveux, il éponge son front d'un mouchoir avant de répondre.

'Carré de dames.'

'Tu mens !'

'Prêt à parier là-dessus Onze ? J'attends, serais-tu prêt à prendre ce risque pour savoir si je mens bel et bien ?'

'De tout de façon nous savons tous que Deux a trente-neuf pourcents de probabilité d'avoir menti.'

'C'est bon Dix-Huit, ne la ramène pas avec ta probabilité. Le poker est un art dans lequel il faut savoir lire dans le regard de ses adversaires ce qu'ils cachent dans leur jeu.'

Finalement à bout de nerfs je craque.

'Je surenchère, à toi Deux.'

Les regards autour de la table sont partagés entre la peur, la haine, la curiosité, le calcul intense ainsi que la tentative d'intimidation psychologique de Vingt. Tentative condamnée à l'échec depuis le départ vu la hargne à vaincre de chacun des participants.

Dans tous les cas chacun trahit une passion sans bornes ainsi qu'une volonté à toute épreuve de gagner cette manche.

'Je passe.'

Onze se lève brusquement en laissant tomber sa chaise en arrière dans un mouvement de triomphe.

'Je le savais ! Il n'a pas de carré de dames ! Je surenchère.'

Onze jette les quelques jetons qui lui reste sur la table d'un geste théâtral sentant déjà les lauriers de cette victoire obtenue de haute lutte psychologique et statistique se poser sur sa tête.

C'est alors qu'Onze voit un rictus sadique se dessiner sur la bouche de Deux. Il n'y a plus que moi, lui et Onze dans cette manche. Face à ce sourire impitoyable l'univers d'Onze s'écroule. Il relève sa chaise puis se laisse tomber dessus, trouvant à peine la force de balbutier.

'Tu as … osé me … manipuler ? Tu avais quand même un carré de dames ?'

'Plus haut…'

Empli de haine, Onze se tourne violemment vers moi.

'Enfoiré tu le savais ! Je t'ai vu tricher tout à l'heure tu as regardé ses cartes !'

Je lui réponds en souriant.

'Mais pas du tout.'

'Si c'est vrai ! Vous êtes de mèche tous les deux ! Vous vous êtes mis d'accord pour me mettre hors-jeu ! Tricheurs ! On avait dit qu'on ne faisait pas d'équipes !'

'Faire des alliances de circonstance n'a rien à voir avec faire équipe…'

Onze jette ses cartes en l'air.

'En plus tu avoues ! Escroc !'

Mon défaut principal est que je suis un très mauvais perdant. Apparemment mes clones ont tous hérité de cette caractéristique. Bon la suite n'a été que tricherie, trahison, manipulation et ainsi de suite. À un certain moment on s'est mis d'accord à abandonner le jeu pour ne pas pousser l'ambiance au point de causer une quatrième guerre mondiale entre clones.

Le soir l'ambiance est assez froide, dans la cohue des quelques discussions on peut attraper des phrases au vol comme : *j'aurais pu gagner s'il n'avait pas triché... de tout de façon on ne pouvait pas lui faire confiance... ah oui ils jouent comme ça ? Alors ils verront de quel bois je me chauffe à la prochaine partie...*

Dans ma grande sagesse j'ai fini par décider de ne plus organiser ni autoriser des parties de poker pour les six mois à venir, le temps de calmer les esprits. Ce serait bête de se disputer pour ça. Des guerres ont déjà commencé pour moins que ça, alors avec ces mauvais perdants et des tricheurs en plus... De tout de façon aucun d'entre eux n'allaient gagner, c'est moi le meilleur... mais ils ne veulent pas l'admettre, c'est tout.

24/7/5

Nous avons enfin fini d'installer la station de transmission intermédiaire utile pour les expériences de Vingt. Il a commencé à émettre hier. J'espère du fond du cœur qu'il ne nous attirera pas trop d'ennuis.

Pendant ce temps Un a commencé une expérience de biologie sur les mutations.

Il a injecté divers produits à des rats et attend de voir les résultats avec impatience.

D'autre part c'est assez drôle de voir Bob, John ainsi que quelques rats jouer ensemble.

Il y a beaucoup de préjugés sur les rats mais ils sont aussi joueurs que Bob et John, et ce n'est pas peu. Le nombre de fois que ces deux robots nous jouent des tours avec nos chaussures en nouant les lacets est impressionnant. Maintenant que j'y pense je devrais noter quelque part que je devrais leur désapprendre à nouer des nœuds, ça pourrait m'arriver un de ces quatre. Et si c'est drôle avec les autres ce n'est absolument pas le cas si j'en suis victime. Après tout, il faut respecter ses ainés non ?

Quant à l'accélérateur de particules que Quatre veut achever il est à moitié fini, d'ici peu nous pourrons enfin faire du travail sérieux de ce côté-là aussi par conséquent.

29/7/5

Juste lorsqu'on croit que la vie va devenir facile les problèmes recommencent.

Les résultats étaient satisfaisants avec les rats mais devaient encore être testés avec d'autres paramètres par mesure de sécurité. Malgré cela Un a été impatient et s'est injecté ses propres produits dans ses veines... maintenant on se trouve avec un zombie sur les bras.

Enfin zombie... ça a la peau bizarre mais pas décomposée. C'est très très bête et ça ne cherche qu'à bouffer sans distinguer la nourriture de nous ou de quoi que ce soit d'autre d'ailleurs. On l'a enfermé dans une cage dans son ancien laboratoire en attendant que Douze et Treize, ses assistants, trouvent une solution à son problème de mutation.

Combien de fois ne l'ai-je pas dit ?! On respecte les normes de sécurité pour éviter les emmerdes ! Si on va faire ça avec des expériences nucléaires on finirait par transformer la base en cratère radioactif ! C'est pourtant simple non !? Respecter les mesures de sécurité... mais comme je peux être con !

Il n'y a pas d'autre explication pour que mes clones ne respectent pas des règles aussi élémentaires... La bonne nouvelle dans tout ça c'est qu'on peut désormais affirmer que les zombies ne sont plus de la science-fiction.

30/8/5

Treize et Douze avancent sur le programme mais ils craignent ne pas pouvoir retransformer Un en un être humain normal qui n'essaye pas de nous bouffer quand il a un petit creux, c'est-à-dire tout le temps. Ça fait quand même un choc de se voir en zombie... de se voir déchu. C'est encore pire que la fois où j'ai dissous le cadavre de Cinq, voir mon corps, mon visage être dissous dans de l'acide avant d'être recyclé était assez choquant.

En tout cas, je peux confirmer, qu'une chose est certaine les zombies sont complètement débiles. Heureusement pour nous qu'ils le soient d'ailleurs. Nous lui avons fabriqué une cage avec une taille plus adaptée pour son bien-être et mis dans une salle blindée des archives. D'autres biologistes pourraient être intéressés par cette expérience, en plus c'est un excellent exemple à montrer aux nouveaux pour leur expliquer ce qui pourrait leur arriver s'ils ne respectent pas les normes et procédures de sécurité.

Excepté cet incident les autres expériences se déroulent très bien, nous faisons un progrès significatif. Lorsque nous serons cent-soixante ce sera vraiment la fête ! Cent-soixante génies occupés à faire de la recherche... je me réjouis d'avance. J'hésite si je dois baptiser un autre clone *Un* ou non vu qu'Un est hors circuit ...
Ce sera un sujet sur lequel débattre après un souper ou l'autre.

2/9/5

Le souper est joyeux, je fais signe à Trois et Vingt de me suivre dans un des salons désertés à cette heure. Quelques instants après mon signal ils mettent fin à leur discussion qu'ils ont avec d'autres clones et me suivent sans tarder davantage.

Nous nous dirigeons vers un des salons les moins occupés. Ils sont tous faits sur base du même plan, au rez-de-chaussée des complexes d'habitation. Un tapis au centre de la pièce, une table sur le tapis et trois armoires contre les murs aux deux extrémités de la pièce.

Nous ne commençons qu'à parler une fois seuls, c'est moi qui entame la discussion.

'Alors Trois, qu'en pensent les autres ? On donnera le nom de Un comme on a fait avec Cinq ?'

'Ben en fait on a un problème, Cinq il était bel et bien mort, les restes de son corps sont complètement recyclés en d'autres clones même, mais Un…

J'sais pas dire s'il est mort ou non, personne ne le sait. Son corps, il est vivant, enfin, il bouge quoi, des fois il tente même de nous bouffer. Mais en ce qui concerne son esprit on ne sait pas si c'est bel et bien le cas et on pourrait peut-être le ramener, personnellement je ne crois pas qu'il soit mort.'

'D'accord, et toi Vingt ? T'as des réactions venant des autres gars ?'

'Mhhhh, éthiquement donner le nom d'un mort à un vivant ça ne dérange personne. Mais ici le problème c'est qu'on ne sait pas vraiment s'il est mort alors qu'on ne gagnerait pas vraiment quelque chose à fabriquer un nouveau Un ou non. Donc je dirais qu'il vaudrait mieux ne pas le remplacer pour l'instant. Les autres clones avec qui j'ai parlé sont du même avis que moi. On n'a rien à gagner à donner son nom à un autre, mais on a tout de même un risque à prendre, donc c'est une mauvaise idée.'

Je vais m'asseoir à une des chaises autour de la table et réfléchis plusieurs instants avant de prendre une décision. Vingt et Trois attendent une réponse avant d'aller redescendre manger dans la cantine. Finalement je me décide.

'Bon, on ne remplace pas Un, si on sait le ramener il n'aimerait pas trop d'avoir été remplacé si vite.'

'Et si on ne sait pas le ramener ?'

'Il finira alors par mourir, et lorsqu'on en sera certains on donnera son nom à un autre.'

'Et s'il ne meurt pas ?'

Trois sentant que Vingt est reparti pour un quart d'heure de philosophie se met à potasser les bouquins dans une des armoires. Comme quoi les discours de Vingt l'ennuyant beaucoup vu qu'il a lu chacun de ces bouquins au moins dix fois chacun.

'Tout le monde meurt un jour Vingt, si ce n'était pas le cas je n'aurais pas fait de clones pour assurer notre survie. J'en aurais sans doute fait plus tard parce que c'est plus drôle, mais je ne me serais pas tellement pressé.'

Voyant que ma décision semble correcte pour Trois et Vingt nous retournons au salon-cantine pour continuer à manger.

24/9/5

La journée a bien commencé pourtant... pourquoi est-ce qu'elles ne peuvent jamais bien finir ? Vers treize heures Vingt m'a appelé dans la salle radio où il essaye toutes les fréquences disponibles afin de trouver un interlocuteur humain. Eh bien aujourd'hui les emmerdes commencent vraiment... il a réussi.

Je me balade dans un des couloirs lorsqu'il m'appelle.

'Hé Zéro, j'ai un truc à te montrer ...'

'Quoi donc Vingt ?'

'Les autres ne peuvent pas encore savoir, c'est une surprise, viens...'

D'une part je suis mal à l'aise, mais d'autre part je suis curieux, finalement la curiosité l'emporte... comme toujours. Lorsque j'entre dans la salle radio j'entends quelqu'un parler à la radio.

'Allo ? Êtes-vous encore là ?'

Je commence à être inquiet. D'autres survivants à cette catastrophe n'est pas nécessairement bon signe pour nous. Je me dirige vers le bureau et prends une chaise adjacente à la chaise centrale.

'Oui, j'suis juste allé chercher un pote, c'est lui le chef de notre base en quelque sorte.'

'Parfait passez-le-moi.'

Vingt me place à la radio sans même me demander mon avis et s'adresse à moi en aparté du transmetteur radio.

'Tu discutes avec ce type le plus longtemps possible, chaque interaction sociale peut me fournir de précieuses informations. C'est compris ? Moi j'enregistre et j'prends déjà des notes.'

'Euh… comme tu veux Vingt.'

Alors que Vingt s'installe rapidement sur la table voisine je me tourne vers la radio m'adressant à ce nouvel interlocuteur.

'Allo allo ? Vous me recevez ?'

'Je vous reçois cinq sur cinq, ceci est le général MacCulligam responsable de la sécurité des États-Unis d'Amérique. Le président est mort il y a quatre ans, depuis je le remplace dans ses fonctions. À qui ai-je l'honneur ?'

'Adam Rudolph.'

'Parfait Adam êtes-vous citoyen Américain ?'

'Je le suppose.'

'Attendez, vous l'êtes ou vous ne l'êtes pas ? Vous êtes bien né aux États-Unis d'Amérique et y avez la nationalité américaine ?'

'Ben oui, mais j'ai plus mes papiers, je les ai laissés dans l'ancienne base…'

'Pas grave, nous n'avons plus de base de données entière pour vérifier cela non plus. Attendez… ancienne base ?'

'Ben oui, ancienne, pas nouvelle quoi.'

'Personne n'a été affecté à une nouvelle base depuis presque cinq ans, qui êtes-vous ?'

'Rudolph Adam, moi et mes potes avons créés une nouvelle base sachant que l'ancienne devait sans doute être dans les bases de données d'une de ces armées de robots qui détruisent tout sur leur passage.'

'Vous parlez sans doute des armées Russes, ne vous inquiétez pas, on va finir par les avoir.'

'Ben justement, il se pourrait que d'ici là ce soient eux qui nous butent.'

'Allons, pas de défaitisme citoyen.'

'Vu votre réaction je parie que vous n'êtes pas allé en surface depuis bien longtemps hein ?'

'En effet, en tant que responsable des États-Unis d'Amérique je me dois d'être en sécurité.'

'Ben voyons.'

Un court silence s'installe, le général semble chercher ses mots.

'Le pays est actuellement sous la loi martiale. Par conséquent je suis dans la mesure de vous ordonner de me faire un rapport de tous les ressources que vous avez à disposition en hommes et en matériel ainsi que votre géolocalisation.'

'Je vous demande pardon?'

'Je vous réquisitionne pour le bien supérieur des États-Unis d'Amérique.'

'Vous vous foutez de ma gueule?'

'Vous croyez que j'ai du temps à perdre avec des blagues ? Nous sommes en guerre !'

'Mais contre qui ?!'

'L'Iran, la Russie et plein d'autres pays, dois-je prendre votre acte d'insubordination pour de la haute trahison ? Tout le pays est sous loi martiale je vous rappelle et je ne tolère aucune insubordination.'

'Vous êtes complètement cinglé en fait ?'

'Comment ça ?'

'Tout a été détruit, aucune ville n'a survécu au début de cette guerre. La quasi-totalité de la population de cette planète est morte. Je ne suis même pas certain que vous ayez encore des humains parmi vos ennemis tellement vous avez utilisé des armes nucléaires, chimiques et biologiques. Je ne suis même pas certain que vous contrôlez encore vos armées de machines de guerre.'

'Elles sont toutes programmées pour vaincre l'ennemi quelqu'un soit le prix.'

'C'est ce que je disais, vous ne contrôlez plus rien.'

'Nous avons besoin de l'aide de tous les citoyens encore disponibles afin de vaincre l'ennemi.'

'L'ennemi est probablement déjà mort quant aux rares survivants soit ils sont soit aussi déments que vous soit ils sont en train d'essayer de survivre à n'importe quel prix. Il n'y a plus que les machines qui se battent.'

'Arrêtez avec ce défaitisme ! Nous les vaincrons ! Mais pour cela nous avons besoin de tous les citoyens disponibles, vous compris. Si nos ennemis gagnent cette guerre les conséquences seront bien plus terribles que ce que nous vivons actuellement.'

'Il n'y a plus que les machines mon général, une fois qu'ils n'auront plus d'ennemis ces armées iront en chercher ailleurs jusqu'à ce qu'elles soient à court d'énergie et d'autres matières premières. La guerre est finie, il n'y a plus que les machines qui se battent selon les instructions de leurs défunts maîtres.'

'Mais nous sommes encore là nous !'

'Oui et j'ignore par quel miracle.'

Sur ce j'éteins la radio.

'Tu ne pouvais pas continuer à parler un peu plus longtemps ? Ça devenait vraiment intéressant.'

'J'ai entendu suffisamment de conneries pour un jour Vingt. Je croyais que ce genre de dégénérés n'aurait pas survécu à cette fin du monde mal improvisée. Trouve-toi un autre abruti pour discuter avec ce cinglé et surtout… ne lui dit pas où on est, combien on est et les ressources que nous avons à disposition compris ?

Je ne peux pas t'assurer que ce n'est qu'une machine essayant de repérer des survivants afin de les exterminer. Mais dans tous les cas je peux t'assurer que s'il sait où nous sommes on est dans la merde, compris ?

C'est ce genre de cinglé qui a changé notre monde en enfer, il n'est pas question qu'on les aide, sinon ils feront avec notre base ce qu'ils ont fait avec la surface.'

Vingt me regarde avec un regard déçu puis, accompagné d'un long soupir me répond.
'Compris Zéro.'
'Comprends-moi, j'ai vécu avec ce genre d'imbécile durant des années. Ils sont prompts à envoyer les autres à la mort pour leurs idéaux. Mais comme tu as pu constater ce sont les derniers à mourir, comme par hasard.'
'D'accord, mais je peux encore discuter avec lui ?'
'Évite s'il te plait, ce genre de personne est vraiment dangereux.'
'Ok compris, je continue à chercher alors.'
Je sors de la salle radio avec le moral au plus bas, comment des cinglés pareils ont pu survivre jusqu'ici ? Décidément il n'y a vraiment pas de justice en ce bas monde. Même si ce n'est pas une surprise c'est une déception qui se renouvelle, encore et toujours.

1/10/5

Bonne nouvelle, aujourd'hui Douze et Treize ont trouvé un moyen d'arranger le problème d'agressivité d'Un. C'est toujours un zombie mais au moins il a arrêté d'essayer de manger tout ce qui bouge... et un tas de trucs qui ne bougent pas aussi d'ailleurs. Il a aussi repris ses esprits et regagne progressivement un niveau d'intelligence décent.
Mais pour éviter tout risque de propagation de virus ainsi que toute morsure désagréable nous

lui avons demandé de garder une muselière...
juste au cas où. On n'est jamais assez prudent...
Bref je suis père, mère, sage-femme, travaille
exclusivement avec moi-même dont un zombie
et suis en opposition ouverte avec les restes du
gouvernement des États-Unis d'Amérique.
Je ne crois pas que qui que ce soit aurait parié
de vivre ce genre de choses il y a cinq ans à
peine.
Bientôt la première génération de clones de
cette base seront nés, j'espère qu'il n'y aura
aucun problème à déplorer. Je te réécrirai alors.

7/1/6

Ils sont enfin nés, sur les quarante premiers
exemplaires que nous avons décidé de produire
un seul n'a pas abouti. Les trente-neuf autres
vont être entrainés par les pédiatres pour devenir
autonomes en un temps-record.
J'ai décidé de transformer un étage d'un des
hangars habitation en cantine permanente. Ce
sera plus facile pour nous organiser, en échange
une autre salle commune sera divisée en
chambres. Ainsi cette base pourra toujours
abriter cent soixante exemplaires dans mon
genre.
D'autre part je suis inquiet, comme prévu des
drones d'exploration d'une armée de ces
machines de guerre sont allés au point
d'émission intermédiaire.

Ce général ne nous laissera plus en paix désormais. Probablement qu'il y a tout au plus une dizaine de survivants avec lui. Il ne laisserait pour rien au monde ne fût-ce que deux autres survivants hors de son contrôle.

Je crois que nous allons devoir prendre les devants, il se peut que tôt ou tard il nous trouve. Je ne veux pas être non préparé devant cet état de fait.

Lorsque ce problème s'imposera à nous je ne veux pas être à court d'options. Il faut frapper en premier avant qu'on ne soit en danger, mieux vaut être coupable que victime.

C'est ce genre de fou qui a détruit notre monde, je ne crois pas qu'il serait dérangé d'avoir une cinquantaine de vies supplémentaires sur la conscience.

2/2/6

Comme la fois précédente Vingt est venu me trouver.

'Zéro...'

'Ne me dis pas que tu as trouvé un autre survivant ?'

'Une ...'

'De mieux en mieux, et quel genre de phénomène est-ce cette fois-ci ?'

'Dès que j'ai eu contact avec elle je suis allé te chercher. Tu es le seul d'entre nous à avoir eu contact avec des femmes...'

C'est bien la première fois que quelqu'un me dit que je suis le plus expérimenté du groupe côté femmes. Mais bon, comme le dit le proverbe : *le borgne est roi au royaume des aveugles*. Par conséquent je suis Vingt jusqu'à la salle radio.

'Allo je vous reçois, ici Adam Rudolph, je faisais des recherches en technologie de pointe dans une base militaire dont j'ai oublié le code avant la dernière guerre donc ce n'est pas la peine de me le demander. Et vous êtes qui ?'

'Lucy Smith, je suis secrétaire auprès du gouvernement Américain ou du moins ce qui en reste.'

Je m'arrête net de parler et me tourne lentement vers Vingt pour le regarder d'un air réprobateur et désabusé. Il lève les épaules en geste d'impuissance et pour témoigner de son innocence.

'Je n'en savais rien, tu dois me croire. De tout de façon c'était fortement probable. Il n'y a plus tellement d'humains survivants que ça sur terre.'

'C'est bon, tu t'en sors… pour cette fois, mais je garde un soupçon malgré tout.'

'Je te jure que je l'ignorais…'

'Arrête d'en parler, intéressons-nous plutôt à ce qu'elle a à dire avant que l'autre cinglé ne se ramène.'

'Bon pour être bref, oui je suis citoyen américain, non je n'en ai plus rien à foutre de vos guéguerres de pacotille. Je suis bien assez occupé avec la survie de ma communauté donc si c'est l'autre cinglé qui vous a demandé de prendre contact avec nous autant raccrocher directement.'

'Attendez !'

Quelques instants de silence passent alors que je devine Lucy Smith chercher ses mots.

'Oui je travaille pour lui mais je ne vous contacte pas sous ses ordres. Nous sommes en train de perdre la guerre. Bientôt une armée venant de Russie sera sur Washington et va tout détruire, nous n'avons nulle part où aller. On a besoin de votre aide… s'il vous plaît.'

Je regarde Vingt dans le blanc des yeux d'un air balançant entre le désabusement et une profonde lassitude.

'Tu crois qu'elle nous ment jusqu'à quel point ?'

'Comment est-ce que je suis censé savoir ça ?'

'C'est toi le psychologue.'

'Non, je ne suis pas psychologue, je suis sociologue. Il y a une différence entre sociologue et psychologue. En plus j'suis même pas sûr qu'un psychologue pourrait faire la différence aussi aisément.'

'Ah super… bon alors en tant que sociologue t'en as la moindre idée ou pas ?'

'Qu'est-ce que j'en sais moi ? Comment est-ce que je pourrais deviner si jamais elle ment ou pas ? Cette radio n'arrête pas d'émettre des parasites, on entend à peine sa voix. Et malgré ça tu voudrais que je devine si elle dit la vérité ou non ?'

'Oui.'

'Mais j'en ai aucune idée !'

'D'accord, il suffisait de le dire calmement tu sais … ce n'est pas possible d'être aussi désagréable…'

'Bon maintenant on peut s'intéresser au sujet en soi peut-être ? Il y a d'autres membres de notre espèce qui sont en danger de vie. Je crois que vu qu'on est une espèce en voie d'extinction ce ne serait pas très sage de les laisser à leur sort.'

'Je déteste quand tu as raison.'

Je me retourne vers la radio et recommence à communiquer avec Lucy Smith.

'Bon, vous êtes toujours au bout du fil ?'

'Oui, vous pouvez nous aider ?'

'Bien sûr, mais d'abord expliquez-moi d'abord comment ça se fait que d'une part vous me dites que vous ne savez pas vous défendre face à cette armée Russe alors que d'autre part mes drones d'observation ont pu voir des milliers de machines de guerre autour de notre point d'émission intermédiaire en train de chercher là où on se terrait.'

'C'était le général qui a ordonné ça. Il veut rassembler le maximum de survivants qu'il peut pour les protéger contre l'ennemi.'

'Ben ce serait sympa de demander notre avis d'abord.'

'Il est comme ça, depuis qu'il a été désigné comme dirigeant des États-Unis il prend ce qu'il dit comme l'équivalent de la parole de Dieu pour tous les Américains.'

'Ben il n'a plus beaucoup de disciples alors.'

'Dans tous les cas ce qui était autour de votre antenne d'émission intermédiaire n'était qu'une compagnie, pas une armée. Nos forces principales sont trop éloignées de la capitale pour qu'on puisse rappeler une armée à temps. Nous avons besoin de votre aide.'

Je devine, malgré les parasites du poste radio, que la fin de sa phrase est larmoyante. Soit elle est une excellente comédienne soit elle est désespérée, probablement les deux à la fois maintenant que j'y pense. J'observe Vingt en train d'essuyer une larme du côté de son œil. J'observe nerveusement la pièce avec ses armoires poussiéreuses quoiqu'elle ait été conçue récemment. D'une part il s'agit des intérêts des derniers membres de mon espèce alors que d'autre part il s'agit des intérêts de ma communauté.

Après quelques minutes je prends ma décision et m'adresse à Lucy.

'Combien de temps vous reste-t-il avant que vos ennemis n'arrivent à la capitale ?'

'Deux semaines, nous avons mis nos seules compagnies à disposition entre nous et eux pour les ralentir mais nous ne gagnerons pas beaucoup de temps.'

'D'accord, je vous recontacterai.'

Après avoir éteint le poste radio je me tourne vers Vingt d'un air sérieux, grave même.

'Vingt.'

'Oui ?'

'Va me chercher les autres, nous devons décider.'

Quelques minutes plus tard tout le monde est rassemblé dans la cantine. Je suis au milieu de l'assemblée sur une table pour que tout le monde me voie et m'entende lorsque je prends la parole.

'Alors voilà la situation les gars ! Vingt a localisé d'autres survivants, ils sont environ dix et sont tout ce qui reste du gouvernement Américain. Nous avons d'abord eu la malchance d'entrer en contact avec leur général Mac machin. Ce type est un cinglé qui veut continuer, et gagner, la guerre coute que coute, même si cela nécessite l'extinction totale de notre espèce. D'autre part moi et Vingt venons de discuter avec une autre membre de son groupe. Une certaine Lucy ... Smith ?'

Je me retourne vers Vingt d'un air interrogateur.

'Je crois bien, j'suis pas sûr... attends, je vais voir dans mes notes.'

'Non, ce ne sera pas nécessaire. Ça n'a aucune importance.'

'Bon, d'accord.'

Vingt range son carnet de notes dans sa poche.

'Bref, on se fout de son nom de famille, le principal à savoir est qu'ils ont une super armée venant de Russie qui veut leur faire la peau. Ils n'ont aucune force militaire à interposer entre eux et cette armée de manière efficace. Ils ont besoin de notre aide sinon ils mourront tous.

Maintenant que je vous ai exposé les faits je vais vous poser la question. Ce général Mac machin veut qu'on le rejoigne dans cette guerre. Je crois que nous sommes tous d'accord que c'est une très mauvaise idée ?'

Tout le monde est de mon avis cette fois, c'est un évènement dont je veux te faire part, c'est tellement rare après tout. D'autre part c'est signe d'une sanité d'esprit dont je suis fier.

'Parfait, d'autre part il y a les autres survivants qu'on ne peut pas laisser crever. Comme Vingt l'a très bien dit nous sommes en voie d'extinction, mieux vaut-il ne pas trop encourager ça davantage. Donc on doit trouver un moyen de les aider sans que ce général à la noix ne sache où nous habitons. Comme ça une fois qu'il est de retour chez lui il ne pourra pas nous envoyer une armée sur la gueule pour nous faire rejoindre sa guerre. Alors soit on fait ça soit on ne fait rien. Vous en pensez quoi ?'

'On ne peut pas simplement sauver la gonze, la cloner, et ensuite les remballer chez eux pour qu'ils crèvent ?'

'Bon plan, seulement je ne crois pas que ce soit très moral…'

'Mhhhmhhhmmmhhhh mhhh ! '

Tout le monde se retourne vers Un, depuis qu'il a sa muselière sa façon de parler n'est plus vraiment des plus compréhensibles.

'Qu'est-ce qu'il dit lui ?'

'Qu'on se fout que ce soit très moral... enfin, je crois, en tout cas c'est ce que je dirais à sa place.'

'Oui moi aussi ! On veut des gonzes !'

Je fixe celui qui vient de prononcer cette phrase d'un air haineux.

'Toi l'erreur génétique tu te tais !'

J'observe le groupe autour de moi. Ils attendent ma réponse avec impatience, crainte et désir mais aucun n'est indifférent, sauf Un, peut-être, en fait personne n'en sait rien en fait.

'Bon d'accord, mais on ne force personne compris ? J'veux pas qu'on finisse comme ce cinglé de Mac Machin.'

Suite à ma décision toute l'assemblée est dans l'euphorie.

'Bon maintenant qu'on a décidé ce qu'on va faire on doit décider comment le faire. Quelqu'un peut me dire de combien de véhicules nous disposons dans le bloc forteresse ?'

'Il y en a trois, ce sont les véhicules qui nous ont conduits jusqu'ici, les robots ont continué à les entretenir et je les ai quelque peu améliorés.'

'Excellent, pour dix survivants trois véhicules devraient suffire. Nous devrons au moins être dix nous aussi au cas où ils tenteraient de nous forcer la main afin de nous obliger à montrer où se trouve notre base. Nous ne les conduirons probablement pas ici !'

'Compris, mais où alors ?'

'Dans une des bases étapes que nous avions fabriquée pour notre trajet entre l'ancienne base et celle-ci. Il y a des chauffages, des purificateurs d'eau et d'air, tout ce qu'il leur faut pour vivre confortablement. Nous leur apporterons des réserves suffisantes de nourriture pour survivre le temps que l'armée Russe ne soit détruite par une de leurs armées. C'est bon ?'

Un silence pèse sur l'assemblée avant qu'une voix hésitante du fond de la pièce ne s'impose.

'Ben et les gonzes ?'

'On trouvera bien un moyen de s'arranger au moment même. Entre rester avec ce belliciste sénile et un groupe de clones cette Lucy aura rapidement fait son choix à mon avis.'

'D'accord, on part quand ?'

'On les prévient d'abord, je fais les équipes et puis seulement on part, on n'improvise pas une opération en surface. Ce n'est pas pour rien qu'il n'y a plus rien de vivant là-haut...'

'Si certaines bactéries et virus, tu le sais.'

'Bon, je corrige, s'il n'y a plus aucun humain vivant en surface ce n'est pas pour rien. Il y a des armées de robots tueurs en surface qui ne rêvent que de nous transformer en viande froide.'

'Mais les machines ne savent pas rêv...'

'Ta gueule Six ! On s'est compris je crois. Donc je reprends, moi et Vingt nous allons leur communiquer notre décision. De Un à Cinq ils vont s'occuper des vivres et des moyens de transport. Six et Sept vont mettre les équipes sur pied. Dans deux heures l'opération doit être sur pied vu les moyens dont on dispose. Les autres vous retournez à vos activités, il n'y a rien à rajouter.'

Vingt et moi redescendons au niveau des laboratoires dans la salle radio.

Je rallume le poste radio sur la fréquence et recommence à émettre.

'Lucy ? Toujours là ?'

'Allo, ici le général MacCulligam, avez-vous enfin décidé à faire votre devoir de bon citoyen américain ?'

Mon sang ne fait qu'un tour et avec une colère que je ne me connaissais pas je lui réponds.

'Toi ne te la ramènes pas ! Tu nous remets Lucy à la radio ou tu pourras aller chercher quelqu'un d'autre pour te sauver la peau!'

'Mais la nation...'

'Elle est en cendres ta foutu nation ! Alors on va commencer par sauver ta peau ! Mais si tu me pourris trop la vie j'te préviens j'ai un pote zombie qui se fera un plaisir de te manger tout cru !'

'Des ... zombies ? Et c'est moi qui suis censé être le cinglé ?'

Pour une fois j'ai l'impression qu'il marque un point, mais ne nous déconcentrons pas du sujet principal.

'C'est une longue histoire... bon on vous sauve la peau oui ou non ?'

MacMachin prend un temps avant de répondre. Il est clairement tenaillé entre ses idéaux nationalistes et son instinct de survie.

'Bon d'accord, j'oublierai vos insubordinations à l'autorité des États-Unis, mais uniquement à titre temporaire.'

Je garde mon calme, j'ignore par quel miracle mais je garde mon calme. Je me contente d'ignorer ce qu'il vient de dire et pose les questions nécessaires à la suite de l'opération de sauvetage.

'On vous retrouve où ?'

'À l'est de l'obélisque de Washington, nous vous y attendrons avec tous les survivants de notre base.'

'Parfait, nous serons là d'ici deux semaines.'

'Il ne serait pas possible que vous arriviez plus tôt ?'

'Non.'

Sur cette réponse sèche j'éteins le poste radio, je me retourne et fais face à Vingt qui finit de prendre ses notes. Après avoir éteint son enregistreur il m'adresse la parole.

'Tu sais pourtant qu'on peut arriver plus tôt. Maintenant que nos véhicules de transport ont étés améliorés on pourrait y arriver en dix jours.'

'Et lui fournir l'information qu'on habite à dix jours de Washington par la même occasion ? Pas question. Au moins il en sait sur notre abri, au mieux c'est pour notre survie. En plus cela nous permettra d'explorer le terrain. Mon instinct me dit qu'il nous aura probablement préparé un coup fourré. Ce n'est pas crédible que cet enfoiré fasse un pareil compromis tout en respectant sa parole.'

Ceci met fin à la discussion, je pars dans ma chambre pour dormir un peu. Une longue journée m'attend demain, un long mois aussi d'ailleurs.

3/2/6

Le lendemain je me presse à mon lever et sors en courant de ma chambre tout en m'habillant en même temps. Arrivé dans le cube je m'arrête quelques instants, observe cette étrange forteresse. Un hangar cubique avec des armes à feu pointant des murs vers l'intérieur de la pièce. C'est une sorte de forteresse inversée ou l'extérieur est protégé de l'intérieur au lieu de l'inverse. Au centre de la pièce se trouvent les véhicules préparés pour l'expédition. Entre eux se trouve Treize, il s'approche de moi dès qu'il me voit. Il tient une combinaison entre ses mains et la tend vers moi.

'Qu'est-ce que c'est que ça ?'

'J'ai fouillé dans les bases de données que tu avais emportées de l'ancienne base militaire. Durant la nuit j'ai programmé une imprimante 3D pour qu'elle fabrique ces armes et ces combinaisons. Elles vous isoleront du froid et vous permettront de vous défendre. En cas de coup dur ça pourrait vous sauver la vie. Eh… et à ce sujet justement, qu'est-ce qu'on fait si vous ne revenez pas ?'

'Là Treize tu vires dans le mélodrame, vous continuerez simplement à vivre. Vous fonderez

de nouvelles communautés et dès que vous en aurez l'occasion vous botterez les fesses des enfoirés responsables de notre mort... ou pas, c'est à vous de voir. C'est simple non ?'
'On ne peut plus clair.'

'Parfait, quelle est la composition de l'équipe ?'
'On n'a pas eu à chercher longtemps quelle était l'équipe idéale, de Un à Quatre ont déjà été sur la surface donc on les a sélectionnés. De Vingt à Vingt-Huit aussi ont été sélectionnés aussi. Leurs cuvées leur ont permis des corps plus résistants que ceux des deux premières cuvées. Ça pourrait faire pencher la balance en notre faveur s'il y a un imprévu.'
'Super tout est au mieux donc ?'
'Oui en plus Un est un zombie, il ne ressent plus la douleur. On a expérimenté à ce sujet durant un bon bout de temps. Il résiste à des dégâts physiques très importants sans le moindre problème. On l'a même coupé en deux avant de le recoudre... juste pour tester. Par contre je ne le laisserais pas sans muselière si j'étais vous, il est parfois encore un peu... bizarre. Dans un milieu aussi hostile que la surface cette caractéristique pourrait se renforcer.'
'Compris, on se revoit d'ici un mois ou deux alors. Ne faites pas trop de conneries d'ici là.'
'Du genre ?'
'J'sais pas moi, tous vous transformer en zombies ? Il y a tellement de conneries que vous pouvez commettre que je ne pourrais même pas

toutes les imaginer. D'ailleurs je préfèrerais ne pas avoir à les imaginer.'

'Pas faux, rien de tel que de vivre dans un monde postapocalyptique n'est-ce pas ?'

'Ce n'est pas drôle.'

'Pardon.'

Sur ces mots émouvant le reste de l'équipe vient d'arriver. Je m'en vais avec eux prendre place dans les divers drones de transport. Un Adam s'assure depuis le terminal du hangar qu'il n'y a pas d'ennemis près de la sortie alors qu'un autre enclenche les mécanismes de remontée.

Plusieurs minutes passent, la remontée en surface est lente… très lente. Après un petit bout de temps Trois finit par manifester son impatience.

'Ça fait dix minutes qu'on n'arrête pas de monter, on n'aurait pas pu faire des ascenseurs plus rapides ?'

'Si mais alors on aurait étés propulsés en l'air une fois en haut.'

'Ben ces drones sont censés pouvoir voler non ?'

'Pas faux, mais si tu voles trop haut on pourrait être repérés par des radars d'une de ces armées de robots.'

'Tu as raison, mais je suis certain qu'on pourrait trouver un moyen.'

'Peut-être, mais maintenant concentre-toi on est bientôt arrivés en surface. Et derrière, ça va les gars ?'

'Pile poil Zéro, juste qu'on se demande pourquoi on ne pourrait pas buter le général et prendre les gonzes.'

'D'abord pour les gonzes on en a déjà parlés, ça ne se fait pas, ce n'est pas poli et ce n'est pas le meilleur moyen de se faire de bonnes relations. Et pour le général un peu d'humanisme bon sang ! Hein Un ? '

'Hmmmm hjmmm hmmj'

Je me tourne vers les autres membres de l'équipe d'un regard interrogateur.

'Et ça signifie ... ?'

'Je n'ai même pas envie de deviner.'

'... ça va être une longue route...'

'Mis à part dire n'importe quoi, tu pourrais vérifier que paramètres du véhicule sont corrects ? Tu sais, du genre à ne pas tomber en panne une fois qu'on est loin de la maison.'

'C'est bon... c'est bon je bosse là-dessus, ça ne se voit pas ?'

Ainsi commence le périple qui nous mènera vers les ruines de Washington.

13/2/5

Cher journal, après dix journées de voyage au travers d'un paysage post- apocalyptique d'un goût plutôt morbide, nous sommes enfin arrivés dans les banlieues de l'ancienne ville de Washington.

Orgueilleuse cité d'antan réduite à présent à quelques pitoyables ruines. Pour les trois derniers jours qui restent avant que nous ne volons au secours de cet abruti de Mac Machin et de la douce Lucy nous avons décidé d'explorer discrètement les environs de la ville.

Nous préférons nous assurer que ce cinglé ne nous a pas préparé un coup tordu comme mon instinct me l'indique.

Se faire trahir par quelqu'un qu'on est en train de sauver doit être extrêmement vexant mais en plus de mourir stupidement notre ego ne le supporterait pas et ça, c'est une chose que je ne tolèrerai pas.

Monde postapocalyptique ou pas il y a des choses sur lesquelles je ne fais aucun compromis !

Chacun d'entre nous observe à partir d'un écran les environs grâce à un drone d'observation, sauf Un. Un a une très mauvaise vue depuis ses mutations par conséquent il se contente de dormir. Enfin... même si je ne suis pas certain qu'un zombie ait besoin de dormir... disons qu'il s'est mis en pause.

'Eh Zéro, tu devineras jamais où je suis.'

Je me tourne vers Trois qui a l'air incroyablement enthousiaste.

'Quoi encore Trois ?'

'J'suis dans le bureau du président !'

'Super et t'y vois quoi ? Non, laisse-moi deviner, des cendres ?'

À cet instant Trois commence à regretter d'avoir entamé cette conversation.

'Euh oui, oui en fait, il n'y a que ça...'

'Super, donc tu as trouvé une pièce pleine de cendres dans une ville pleine de cendres... mes félicitations. Je suis certain qu'on ne trouvera rien d'autre de ce genre sur cette planète. Surtout depuis qu'elle s'est transformée en tas de cendres radioactives.'

Trois se met à bouder.

'C'est bon, pas la peine de bouder pour si peu. Si toi t'as quelque chose de plus intéressant dis-le-moi. Je suis tout ouïe.'

Un autre clone réagit sans tarder à la proposition de Zéro.

'Ben si tu veux j'ai trouvé un dispositif de pièces d'artilleries gardées par des machines de guerre sur une place adjacente à notre lieu de rendez-vous.'

'Je n'aime pas trop ça... Trois, au lieu de balader ton drone d'observation dans la maison blanche, va demander aux autres gars dans les autres véhicules s'ils ont aussi trouvé des effectifs dans le même genre autour du lieu de rendez-vous. Mon instinct me dit qu'il se pourrait que ce ne soit pas qu'un comité d'accueil inoffensif pour nous souhaiter la bienvenue.'

Sans même répondre Trois s'équipe de sa tenue isolante avant d'entrer dans le sas de sortie.

'En voilà un qui est de mauvaise humeur.'

Trois sort du véhicule sans même répondre.

'Ben faut avouer que t'es pas super-sympa non plus...'

'On est en train de risquer notre peau pour un enfoiré qui veut probablement nous capturer pour nous réduire en esclavage et cet imbécile consanguin s'amuse à faire du tourisme, je

n'appelle pas ça vraiment une raison de se
réjouir.'

'Bon... pour ce que j'en disais...'

'Ben justement t'en dis trop, alors tu te contentes
de voir si cet enfoiré ne nous a pas tendu un
autre piège parce que ça m'en a tout l'air.
MacMachin ne voulait probablement que nous
attirer dans un piège. Qui sait, cette armée Russe
en approche n'est peut-être qu'un ridicule
mensonge dans lequel nous avons cru, pauvres
crétins que nous sommes. Qui sait ? Ce Mac
Machin a peut-être ordonné à une de ses
armées de nous entourer à l'heure qu'il est.'

'Non, excepté le centre industriel de l'autre côté
de la ville nos drones d'observation n'ont
constaté aucune activité dans les alentours.
Notre route de retraite quant à elle est sûre.'

Quelques minutes plus tard Trois rentre dans le
véhicule.

'Alors ?'

'En effet, les gars des deux autres véhicules ont
aussi repéré l'une ou l'autre unité de robots de
guerre. Au total nous avons donc repéré une
unité d'artillerie et quatre unités d'infanterie
dissimulées autour des axes d'entrée principaux
de la place qui n'ont pas encore étés détruits
par les bombardements.'

'Bon, il nous reste quelques jours, je crois qu'on a
le temps de s'en occuper ? Ou bien on se
barre ?'

'Ben on a des armes...'

'Et alors? On ne sait même pas les utiliser...'

'Mais si, il suffit d'appuyer sur la gâchette.'

'Et prier ?'

'Mhmm mjhhh.'

'Ce qui veut dire ?'

'Ce qui veut dire qu'on a un zombie, des armes à feu et en face de nous des machines peu nombreuses et peu réactives ainsi qu'un vieux con pour les commander. En plus cet imbécile ne sait même pas qu'on est déjà là. Si on sait brouiller les communications ces unités de combat ne pourront plus communiquer entre elles et on pourra leur faire la peau discrètement et sans risque. Ils ne nous attendent que d'ici quelques jours après tout et l'effet de surprise jouera en notre faveur finalement.'

'Sûr que c'est pour nous ?'

'Ils nous avaient dit qu'ils avaient mis toutes leurs compagnies entre eux et l'armée Russe pour gagner un maximum de temps. Ici ils ne serviraient pas à grand-chose je crois.'

'Damn Right.'

'Bon donc on se barre ?'

'Mhhhh ! Mjhghmmm !'

'Qu'est-ce qu'il a... ? Et puis zut, on y va, on va détruire ces foutues machines de guerre et ensuite on va au rendez-vous rien que pour voir la réaction de Mac Machin quand il se rendra compte que son piège a lamentablement foiré. On ne le tuera même pas, on le laissera face à son échec pitoyable.'

'En plus c'est très bon pour notre ego.'

'Tu l'as dit, on y va ?'

'On y va.'

Trois sort du véhicule pour prévenir les autres alors que je cherche le meilleur angle d'attaque afin de neutraliser l'artillerie ennemie.

En même temps on doit encore trouver le moyen de bloquer les transmissions. Après une petite heure nous avons fini de préparer notre piège. On va faire partir un de nos véhicules à toute vitesse tout en émettant afin de faire croire à une fuite. Les unités de machines partiront à sa poursuite s'ils veulent nous capturer. Ensuite on les abattra l'un après l'autre lors de la poursuite. Mais alors que les unités de corps à corps poursuivraient le véhicule les équipes des deux autres véhicules devraient mettre l'artillerie hors circuit.

Quoi de plus facile ? Nous sommes plus nombreux, mieux armés et avons l'avantage de la surprise.

C'est mon véhicule qui va servir d'appât, Trois et moi sommes les meilleurs conducteurs après tout. En plus nous avons un zombie avec nous, c'est toujours utile.

Après que les deux autres véhicules soient camouflés et que les équipes de ces deux véhicules aient encerclés discrètement l'unité d'artillerie mon drone est renvoyé à dix kilomètres de Washington afin de simuler notre arrivée.

Après avoir revérifié que toutes les machineries de notre drone fonctionnent correctement Trois démarre les moteurs de notre véhicule alors que je contacte le général Mac Machin.

'Vous nous recevez ? Nous sommes arrivés ...'

'Parfait ! Allez sur la place principale nous vous y retrouverons.'

'Vous sortez d'abord, je n'ai toujours pas confiance. En plus pourquoi y a-t-il des unités d'infanterie à l'entrée de la place ? C'est un piège général ? Je croyais que nous avions un accord !'

'C'est pour assurer votre sécurité.'

'On a très bien assurés notre sécurité jusqu'ici. Si vous voulez qu'on sauve votre peau faites dégager ces tas de ferraille !'

'Pas question ! Je ne vais pas laisser un renégat comme vous me donner des ordres !'

'C'est ton dernier mot Mac Machin ?'

'Mac Culligam !'

'Du pareil au même, c'est ton dernier mot ?'

'Écoute-moi bien petit enfoiré j'ai une unité d'artillerie qui vise actuellement le point d'émission de ta radio. Mes drones d'observation confirment que ce n'est pas un point d'émission intermédiaire comme la dernière fois donc si tu tiens à ta peau tu te ramènes sur cette foutue place ! Au sinon je te transforme en petits bouts de chairs déchiquetée et calcinée, tu m'as bien compris ?!'

Je souris à cette remarque.

'D'accord, c'est toi qui vois.'

Je me retourne vers Trois et lui parle à voix basse.

'Fais demi-tour, nous ne prendrons la fuite que quand les deux autres équipes auront éliminé l'unité d'artillerie, prends ton temps.'

'D'accord.'

'On arrive Mac Machin.'

'Il était temps que vous écoutiez la voix de la raison, et c'est Mac Culligam !'

'C'est du pareil au même.'

J'éteins le poste radio et me mets à communiquer aux deux autres équipes.

'Bon les gars, pressez-vous d'éliminer les unités d'artillerie c'est nous qu'ils visent là. Mac Machin nous a menacés, c'était bel et bien un piège.'

Alors même que je finis le message la longueur d'onde de Mac Machin se remet à vouloir me contacter.

'Allo ? Adam Rudolph ? Ici Lucy Smith.'

'Ah, Lucy, content d'entendre ta voix on a un petit problème là, je crois que tu es au courant...'

'C'est bon, on a maîtrisé le général Mac Culligam. Il a complètement débloqué, les unités militaires sont déjà en train d'abandonner leurs postes et à rejoindre le front pour ralentir l'armée ennemie. L'unité d'artillerie est en train de défaire son équipement, vous n'êtes plus menacés.'

'Ah, c'est bon à entendre, quelques instants je vous prie.'

Je me mets sur la longueur d'onde des deux autres véhicules.

'Les gars ?'

'Hé Zéro, il y a un truc qu'on ne pige pas... Les unités d'artillerie démontent leur matos, on les abats toujours ?'

'Non, c'est bon, Lucy et d'autres survivants ont réussi à neutraliser Mac Machin. Vous restez en retrait et vérifiez que ce n'est pas une autre ruse, on ne connaît toujours pas la véritable situation là-bas. Nous allons sur la place dès que nos drones d'observation ont confirmé que les unités de corps à corps ont bien quitté la ville.'

'Compris cinq sur cinq, on reste en retrait et on n'intervient que si l'affaire dégénère.'

'Ou si je vous fais signe que tout est ok.'

'Compris, a tantôt.'

'À plus les gars, soyez prudents et surtout discrets, ils ont aussi des drones d'observation, faites donc gaffe.'

Je ferme le poste radio tout en me retournant vers le reste de mon équipe.

'Bon les gars le plan est simple, on sort du véhicule armes à la main, on cache nos visages. Ils ne savent toujours pas qu'on est des clones donc s'ils ont cette surprise au moment du premier contact ils pourraient prendre peur et faire dégénérer la situation, personne ne veut ça, compris ? N'ayez pas l'air trop menaçants malgré que vous soyez armés. Les deux autres équipes couvriront nos arrières.'

Seul Trois répond d'un air distrait alors qu'il pilote le drone.

'Compris Zéro.'

Décidément ce monde postapocalyptique devient de moins en moins ennuyeux...

Trois conduit notre véhicule vers le lieu de rendez-vous. Quelques instants après qu'on se soit arrêtés on voit une personne sortir d'un abri et venir vers nous en courant. Cette personne n'a que des vêtements normaux, plusieurs couches mais cela ne suffit pas vu le froid. On ouvre la porte du véhicule sans perdre un seul instant elle s'engouffre en ce sas.

Je fais signe aux autres de mettre leurs casqués. Ce n'est pas le moment pour faire des mauvaises surprises.

Lorsque le sas s'ouvre la personne tombe à l'intérieur du véhicule.

Sous ses innombrables vêtements cette personne se met à parler d'une voix essoufflée mais saccadée.

'Adam Rudolph, lequel d'entre vous est Adam Rudolph ?'

Trois s'avance sans trop d'hésitation alors que je fais signe aux autres gars de l'équipe de ne pas bouger.

La personne emmitouflée se lève et enlève quelques centimètres de vêtements superposés ainsi que des lunettes protégeant ses yeux du froid. C'est une femme, elle était rousse aux yeux bleus et semble malgré ses taches de rousseur ne pas être du genre timide.

'Heureuse d'enfin pouvoir vous rencontrer, c'est moi, Lucy Smith.'

'Heureux d'enfin faire votre connaissance de manière physique Lucy.'

Lucy se retourne vers les autres Adams avec un regard curieux.

'Qui sont ces gens ?'

'Euh ... des amis, on va dire ça.'

Même si on ne voit pas nos visages au travers des casques je devine le regard de Trois.

Il vient de se rendre compte qu'il a éveillé des soupçons en essayant d'être évasif à notre sujet.

'Des amis ? Qui sont ces gens, je ne vais pas confier ma vie à des parfaits inconnus.'

Vu la situation dans laquelle nous sommes embourbés il ne nous reste plus qu'une chose à faire, enlever nos casques. Lorsque c'est fait l'ambiance devient glaciale. Lucy pâlit et fait instinctivement un pas en arrière avant de ne plus pouvoir reculer à cause de la paroi.

'Qu'est-ce que vous êtes ? N'essayez pas de me faire croire que vous êtes des jumeaux, c'est impossible d'en avoir tellement !'

'Nous sommes des clones Lucy, c'était l'unique moyen que nous avions trouvé pour assurer notre survie à long terme.'

'Mais ... qui est l'original ?'

Je m'avance.

'C'est moi.'

'C'est donc vous Adam Rudolph ?'

'Non, c'est nous tous Adam Rudolph, nous sommes tous une version de ce dernier. Les deux seules différences sont que je suis né de manière animale et pas eux ainsi que chacun a une spécialisation. Chacun d'entre nous a un numéro pour le différencier des autres.'

'Comment je vais expliquer ça aux autres ?'

'Eh... c'est pas tout...'

'Ce n'est pas tout ? Comment ça ce n'est pas tout ?'

'Ben Un est un zombie... on l'a déjà dit à Mac Machin mais ça m'étonnerait qu'il nous ait crus.'

Lucy déglutit, elle est de plus en plus mal à l'aise. Elle cherche ses mots tout en essayant de garder un maximum de distance de chacun des clones.

'Ne vous inquiétez pas, il porte une muselière. De temps en temps il a une petite crise mais sinon il est parfaitement normal. Il ne faut juste pas enlever sa muselière, au sinon je ne peux plus répondre de votre sécurité à cent pour cent.'

'Comment est-il devenu un zombie ?'

Tous les Adams répondent en chœur.

'C'est une longue histoire.'

'Mais les autres refuseront d'entrer dans le même véhicule qu'un zombie.'

'M'enfin, c'est quoi cet ostracisme ? Les zombies sont des gens parfaitement normaux. Des gens comme vous et moi... enfin après qu'on leur applique une médication appropriée afin qu'ils ne soient pas cons comme des cailloux et qu'ils portent une muselière pour ne pas prendre le risque qu'ils ne bouffent le premier venu. Mais sinon ils sont des gens exactement comme vous et moi.'

'T'as oublié de dire qu'ils sont insensibles aux balles et ce genre de truc Trois.'

'Ah oui c'est vrai, ça peut d'ailleurs s'avérer très utile. Mais mis à part ces quelques petits détails, ils sont parfaitement normaux.'

'J'aimerais même rajouter qu'il est plus normal que la moyenne vu la situation actuelle de notre monde.'

'Exactement !'

Face à cette explication hasardeuse Lucy n'a pas l'air d'être convaincue. Néanmoins la nécessité faisant loi elle s'en contente tout en essayant de nier tant bien que mal son instinct lui hurlant dessus pour qu'elle file immédiatement se barricader à nouveau au fond de son refuge.

'Mais ça ne changera rien, les autres auront trop peur.'

'Plus peur que de finir exterminés par des millions de machines de guerre ?'

'Euh… pas sûre.'

'Ben sinon on a aussi deux autres véhicules, mais vos gens devront se séparer pour aller dans chacun des véhicules, quatre dans celui-ci et trois dans chacun des deux autres.'

'Mais ils n'accepteront jamais.'

Je prends un air lugubre et m'avance vers Lucy.

'Écoutez-moi bien, vous n'avez pas été bouffée à ce que je sache. Nous non plus alors qu'on vit depuis des mois avec lui. Alors pourquoi est-ce qu'il serait dangereux pour les autres ?'

'Mais ils auront peur…'

'Super, alors ils pourront crever ici lorsque l'armée Russe arrivera. En attendant je vous propose de vous changer prenant une de nos tenues. Elles

ne sont pas à la bonne taille mais ce sera
toujours mieux que les vêtements que vous avez
utilisés pour arriver jusqu'à ce véhicule. Si vous
étiez restée un peu plus longtemps dehors dans
cette tenue vous auriez gelé sur place.'
Tout en disant ça je lui lance une tenue de
réserve en plus de neuf autres tenues pour ses
compagnons.
'Euh...'
'Quoi euh... ?'
'Vous pouvez vous retourner ?'
'Ah oui bien sûr, excusez-moi, je n'ai plus
l'habitude, à force de vivre avec soi-même...'
Je fais signe aux autres de se retourner.
'Les gars on se retourne.'
'Mais pourquoi ?'
'Question de pudeur.'
'Mais ça devient justement intéressant là...'
'Écoute Trois, ne pose pas de questions et
retournes-toi, c'est culturel.'
'Culturel culturel... pour ce que j'en dis, juste que
c'est du gâchis...'
Alors que Lucy se change elle se met à me
parler.
'Vous pourriez tout de même avoir éduqué vos
clones.'
'Oh, excusez-moi, nous étions trop occupés à
essayer de survivre, à la foutue apocalypse que
VOUS avez déclenchée !'
'Ce n'était pas nous, c'est la Corée du Nord qui
a commencé à nous tirer dessus.'

'Bien sûr, mais ensuite vous avez répliqué et sur un peu plus que la Corée du Nord.'
'Nous devions agir de manière préventive.'
'Comme la Corée du Nord.'
'Vous auriez préféré qu'on se soumette à ce genre de régime totalitaire ?'
'Non, mais de là à déclencher la fin du monde…'
'Il n'y avait pas d'autre alternative.'
'Excusez-moi…'
Je fous une claque à l'arrière de la tête de Trois.
'On arrête de mater Trois ! Je t'ai dit que c'est impoli !'
'M'enfin… je ne matais même pas en plus.'
Je soupire et continue ma discussion avec Lucy.
'Excusez-le, il n'a jamais vu de femme de sa vie, il s'est découvert sa nature… virile il y a quelques minutes à peine là.'
'C'est bon, j'ai connu pire.'
'Quant aux autres survivants, ils vont venir ?'
'Comme si nous avions le choix, nous sommes en plus bientôt à court d'énergie pour nous chauffer. Je dois aussi vous avouer autre-chose.'
'Quoi donc ?'
'Nous voudrions emporter autre chose avec nous. Il s'agit d'une immense base de données qu'une institution de notre gouvernement a collecté juste avant que tout ne… dégénère. Cette base de données détient des milliers de graines d'espèces végétales différentes ainsi que d'innombrables cellules-souches pour recréer quasiment toutes les espèces animales et

microbiennes qui habitaient la surface de la Terre avant l'hiver nucléaire. C'est une sorte d'arche de Noé, on aurait besoin de votre aide pour le déplacer. Et surtout il nous faudrait votre aide pour le mettre dans vos véhicules sans que cela ne gèle.'

'Oui bien sûr, moi et Trois venons avec pour vous aider à transporter cette arche ?'

'Euh d'accord, mais avant que vous n'enleviez vos casques je vais leur expliquer afin de les ménager.'

'D'accord, je comprends, la situation est assez tendue comme ça.'

Lucy, moi et Trois ressortons du véhicule avec les neuf combinaisons pour les survivants. J'avoue que je suis assez nerveux, c'est la première fois en plusieurs années que je vais rencontrer d'autres êtres humains que... moi.

Une fois que nous sommes arrivés à la porte d'entrée Lucy y frappe à un rythme régulier. Ils se sont sans doute mis d'accord sur une fréquence particulière au cas où nos intentions ne seraient pas très saines.

La porte du bunker s'ouvre, ensuite nous entrons dans un sas improvisé. Une fois que nous sommes entrés une odeur abominable agressent mes narines, la température est glaciale, dire que la pièce est sale est un euphémisme.

Au vu de l'état de leur base ils vont presque être à court de ressources, il était temps qu'on arrive. À l'intérieur neuf personnes sont autour de nous, une d'entre elles est ligotée et sur une chaise,

c'est sans doute Mac Machin. Il est exactement
comme je l'imaginais, un vieil homme
bedouillant en uniforme de général. L'uniforme
étant assez sale d'ailleurs, l'inconvénient avec les
Apocalypses c'est qu'il n'y a plus tellement de
blanchisseries disponibles.
Lucy prend la parole alors qu'elle nous fait signe
de poser les combinaisons.
'Ce sont ceux qui ont proposé de nous aider, je
vous demande de ne pas sursauter, ce sont des
clones.'
C'est alors qu'elle nous fait signe à tous deux
d'enlever nos casques.
'Enchanté, je suis Adam Rudolph, l'original, mais
on m'appelle Zéro.'
'Moi c'est Adam Rudolph, aussi, mais on
m'appelle Trois.'
L'assemblée est dans un silence de mort avant
qu'un des survivants, un homme colossal et
musculeux, ne prenne la parole.
'Enchanté, j'avoue que c'est assez surprenant,
vous êtes nombreux ?'
'Nous sommes bientôt une centaine.'
L'ambiance devient de plus en plus étrange.
L'homme musculeux semble mal à l'aise. Vu la
situation il n'a pas peur, il est clair que nos
intentions ne sont pas hostiles.
Néanmoins l'étrangeté du contexte n'a que
rarement été égalée par le passé.
'D'accord, et vous étiez qui avant… tout ça ?'
'Un chercheur dans une base militaire.'

'Aha ! En plus d'être un traître à notre partie vous êtes un déserteur ! De mieux en mieux !'
Tout le monde se retourne vers Mac Machin.
'On ne pourrait pas le laisser ici ? T'en penses quoi Zéro ?'
'Ta gueule Trois, on en a déjà parlés, fais preuve d'humanisme.'
'Pour ce à quoi ça vous a conduits...'
'Ben justement, si des cinglés comme Mac Machin ...'
'Mac Culligam !'
'On s'en fout ! Si des cinglés comme Mac Machin avaient fait preuve d'un peu plus d'humanisme nous en serions pas arrivés là.'
Le colosse s'avance vers nous.
'Je me présente, lieutenant Francis VanCleef, je suis responsable de la sécurité de ces personnes jusqu'à nouvel ordre. Lucy vous a déjà parlé de notre *arche* ?'
'Oui, nous allons avancer le véhicule et nous ferons rapidement entrer l'arche dans notre véhicule. Nous ouvrirons les deux portes du sas de votre base pour aller plus vite par conséquent tout le monde devra déjà avoir embarqué dans un des trois véhicules avant cela.'
'Trois ? Mais je croyais qu'il n'y en avait qu'un...'
'On a assuré nos arrières, et pas sans raison étant dit le comité d'accueil que votre ex-patron nous a réservé.'
'Je vous l'accorde. Vos autres véhicules sont loin ?'

'Non, ils sont répartis autour de la place. Je vais d'ailleurs les faire signe de se ramener alors que vous vous changerez avec les combinaisons que nous vous avons apportées.

Ah oui, en passant, un d'entre nous est devenu un zombie à cause d'une expérience qui a mal tourné. Néanmoins il n'y a pas de raison de s'inquiéter. Il n'est généralement pas agressif et ne peut pas mordre, il porte une muselière.'

Cette phrase aurait dû laisser un énième froid au sein de l'assemblée mais la situation est déjà suffisamment étrange pour que plus personne n'en soit vraiment choqué davantage.

VanCleef continue le dialogue comme si ce n'était qu'une conversation mondaine.

'Rien d'autre de particulier à savoir sur vous ?'

'Non, je ne pense pas.'

'Parfait, il ne nous reste donc plus qu'un dernier aspect à aborder alors.'

'Lequel ?'

'Il faut sécuriser une des salles durant notre absence, c'est la salle de contrôle de ce qui reste des forces militaires des États-Unis d'Amérique.

Lorsque nous reviendrons nous devrons continuer la guerre.'

'Continuer… la guerre ?'

'Ben oui, elle n'est pas finie.'

'Mais… il n'y a plus rien à protéger. Les États-Unis sont détruits, toutes les nations sur terre ont été anéanties. Seules subsistent ces armées de machines de guerre et leurs usines qui continuent aveuglément leurs tâches aux conséquences destructrices.'

'Non, le gouvernement de Chine aussi a survécu. Les pays Scandinaves se sont aussi unis pour survivre par exemple. Nous nous sommes tous réunis en une coalition contre la Russie. Les Russes disposent de tellement de matières premières pour leurs armées qu'actuellement tous les pays survivants se sont unis contre eux.'

'Mais vous vous battez encore pour quoi ?'

'Notre souveraineté et nos valeurs.'

'Souveraineté d'un continent réduit en cendres ? Valeurs d'une nation de ... dix personnes ?'

'Il y a vous aussi, ainsi qu'un groupe de survivants au Texas, un autre au Canada et ainsi de suite.'

'Ça fait combien de gens au total ? Deux-cents ?'

'Cent-quatre vingt-huit citoyens sans vous compter ainsi que vos clones.'

'Vous savez que les tribus il y a cinq mille ans au fond de l'Ukraine étaient plus nombreuses ? Donc de là à vous appeler un état où même encore une civilisation c'est déjà beaucoup. Moi j'appellerais ça juste quelques groupes de miraculés.'

'Dans tous les cas il faut bien arrêter les armées ennemies...'

'Justement, vous êtes aussi dangereux que vos ennemis.'

'Nous évitons de passer par les zones où se trouvent les autres survivants d'Amérique du Nord au moins.

J'ignore si c'était le cas aussi pour votre base mais nous n'avions pas connaissance de votre localisation ni même votre existence.'

'Vous êtes encore à vous chamailler à échelle internationale alors que la survie de notre espèce est en jeu. Je crois que vous êtes légèrement dépassés par les évènements VanCleef.'

'Ce que je sais c'est que les armées ennemies passeront surtout leur temps à affronter nos armées que de chercher les survivants tant qu'on continue à adapter les stratégies de nos armées de machines.'

'Jusqu'ici ils n'ont jamais trouvé les miens.'

'Tant mieux pour vous. Mais pas tout le monde dispose de vos ressources pour se mettre à l'abri de ces armées. Les autres survivants n'ont pas tous les moyens matériels ni le savoir technique pour s'enterrer des kilomètres sous la surface afin d'échapper aux radars ennemis.'

'Comment savez-vous qu'on est des kilomètres sous terre ?'

'C'est la seule façon d'échapper aux radars ennemis.'

'D'accord, un point pour vous. Bon, concernant la suite des opérations maintenant. On va isoler cette salle de contrôle, mais qui dit que ça suffira pour empêcher l'ennemi de la détruire ?'

'Ceci est un abri antiatomique, nos ennemis ne savent pas exactement où nous nous trouvons à Washington. Si cet endroit est aussi mort que le reste de la ville ils n'auront aucune chance de trouver cette pièce. Même s'ils réatomisaient la ville une troisième fois ça ne changerait rien. Ces installations ont déjà résisté aux deux explosions précédentes.'

'Ah… vous étiez déjà ici ? J'ai vu ça à la télé c'était pas mal. Il faut avouer que si vous avez pu survivre à ça cette salle devrait tenir le coup sans trop de difficultés. Bon, d'accord, nous allons chercher les deux autres véhicules, vous changez vos vêtements. On va revenir avec des fers à souder afin de complètement bloquer l'accès à la salle. En attendant vous évacuerez vers les véhicules. VanCleef…'

'Oui ?'

'On aura besoin de votre force pour déplacer l'Arche le plus vite possible à bord de mon véhicule.'

'Compris, eh… la combinaison que vous m'avez donnée est trop petite pour moi.'

'Nous n'en avons pas d'autres, bricolez ou mettez plusieurs couches de vêtements, on ne peut rien faire de plus. Ah oui et … évitez de trop respirer aussi tant qu'on est en dehors. Vous savez… il fait plutôt très froid lorsqu'on est dehors.'

Le reste des opérations se déroule sans le moindre accroc.

J'ai juste demandé d'avoir Lucy, VanCleef et Mac Machin dans mon véhicule.

Ce sont eux les meneurs donc c'est d'eux que vient le plus grand danger…

15/2/6

Cher journal, je suis désolé que je n'aie pas eu l'occasion de t'écrire ces derniers jours. La tension est palpable dans le véhicule, surtout à cause de Mac Machin. Chaque fois qu'il ouvre la bouche en profite pour son discours nationaliste ou nous traiter de déserteurs voire les deux à la fois.

Finalement, et à bout de nerfs, j'ai trouvé la solution et l'ai mis à côté d'Un. Je lui ai dit que s'il continue à nous emmerder j'autorise Un à enlever sa muselière. Ça l'a calmé tout de suite. Nous sommes finalement arrivés dans un des abris qui nous ont servis de relais lors des étapes entre notre ancienne et nouvelle base.

VanCleef entre dans la base il ne peut s'empêcher de m'agacer.

'C'est donc ça votre base ? Je l'imaginais plus grande pour cent soixante clones.'

'Ce n'est qu'une base de secours, nous n'étions que vingt à l'époque. C'est ici qu'on vous va vous laisser pour un certain temps. D'ici un mois ou l'autre on va vous reconduire dans votre base si vous le désirez. On va aussi vous apporter des stocks de nourriture pour assurer votre survie durant votre séjour dans cette base-ci.'

Je laisse le temps à mes hôtes de traiter l'information puis me tourne vers la machinerie présente dans la base.

'Voici les purificateurs d'air et d'eau ainsi que le chauffage central. Les ressources minérales pour entretenir tout ça sont apportées par des robots collecteurs.'

À l'instant même oÙ je finis ma phrase un de ces petits robots entre par un mini-sas avec une pièce d'aluminium entre les pinces.

'Tiens justement en voilà un, il y en a cinq au total. Ils sont assez nombreux que pour entretenir cette petite base. Donc il ne faut pas avoir la moindre inquiétude.'

'En tout cas c'est autre chose que le siège du gouvernement hein Mac Culligam ?'

'C'est bon, s' ils avaient accompli leur devoir on aurait déjà gagné cette guerre.'

'Un...'

Un se lève faisant mine d'enlever sa muselière, Mac Machin se tait immédiatement. Trois ne peut retenir l'apparition d'un sourire sarcastique sur son visage.

'J'adore avoir un zombie comme pote.'

Après ce énième incident je continue à IEUR faire visiter les trois pièces qui composent la base.

'Il y a la salle de vie celle par laquelle on entre, il y a une table, quelques armoires et quelques chaises. La salle de repos comprenant des lits superposés ainsi que les armoires comprenant les réserves de la base. Finalement il y a la salle des machines, c'est là que se trouvent les drones d'entretien, le chauffage, le purificateur d'air et ainsi de suite. C'est le cœur et poumon de la base.'

Alors que les survivants s'installent je demande à Lucy de me suivre.

'Oui ? Tu veux me parler de quelque chose en particulier ?'

'Comment dire ? Hem, en gros moi et mes gars pensons que c'est du gâchis qu'une personne… féminine… comme vous, ne gâche sa vie alors qu'il y a si peu de femmes encore en vie. On s'était demandé si, par le plus grand des hasards tu ne voudrais pas venir avec nous plutôt que de rester avec eux.'

Lucy sourit.

'Je te comprends et nous te devons beaucoup. Tu nous as sauvés la vie… mais on doit continuer notre mission malgré tout. Si on ne protège pas les autres groupes de survivants il n'y aura plus que vous comme représentants de notre espèce dans cette partie du monde.'

'Ben que vous soyez neuf ou dix ça ne change pas grand-chose tu sais.'

'Si, notre équipe est tout le temps débordé de travail malgré que nous soyons dix. Alors je n'ose même pas imaginer ce que ce sera à neuf.'

'Je peux alors au moins te demander quelques cellules alors ?'

'Pardon ? Pourquoi?'

'Ben pour te cloner voyons… Comme ça c'est comme si tu avais fait les deux choix en même temps. Tu n'auras donc rien à regretter dans tous les cas par conséquent.'

J'observe Lucy réfléchir longuement avant de formuler sa réponse.

'Bon d'accord, mais discrètement, les autres trouvent déjà ça une horreur que vous soyez des clones.'

'Parfait, merci, tu viens dans le véhicule pour ça ?'

'D'accord.'

Après lui avoir prélevé quelques cellules Lucy se prépare à quitter le véhicule, je la retiens.

'S'ils te demandent ce que tu faisais ici tu peux leur dire que je voulais juste te donner la liste de la nourriture et des vêtements qu'on vous apportera d'ici quelques jours.'

'D'accord. Merci.'

Lucy me sourit faiblement puis quitte le véhicule. Une fois partie je me tourne vers Trois avec un petit sourire victorieux.

'Trois.'

J'agite doucement les échantillons génétiques de Lucy devant Trois avec un petit sourire triomphal.

'Jackpot.'

La joie de Trois ne se fait pas attendre.

'Ça y est ! On peut la cloner ! Yessss, à nous les gonzes !'

Je fais signe à Trois de se taire craignant que les survivants puissent l'entendre puis me rapproche de lui pour lui parler à voix basse.

'D'accord, ça c'est fait, mais je vais te demander un autre truc.'

'Quoi donc ?'

'Faudrait recopier toutes les données génétiques qu'ils ont dans leur arche. On y gagnera vraiment beaucoup, nous pourrons même manger plus que des algues et des insectes la plupart du temps.'

'On ne peut pas simplement le leur demander ?'

'Sauf Lucy probablement tu sais que tous les autres survivants sont horrifiés par nous et ce que nous faisons. Ils sont sympathiques avec nous parce que leurs vies dépendent de nous, rien de plus. Alors qu'ils nous aident m'étonnerait.'

'Ben on n'a qu'à les menacer, l'arche contre la bouffe ...'

'Ça pourrait marcher, mais ce n'est pas très humaniste.'

'Tu sais que ton humanisme ne nous cause que des problèmes ?'

'Je m'en fous, on le fera discrètement, on ne forcera personne ainsi. On obtient le même résultat sauf qu'en plus personne ne sera fâché.'

'Et tu comptes t'y prendre comment ?'

'On a toujours les divers produits chimiques de la première expédition ?'

'Oui, pourquoi ?'

'On va les faire croire que le purificateur d'air est en panne. Ensuite on le *réparera* en y mettant de quoi les endormir. Ainsi on aura tout le temps de faire nos prélèvements sur l'arche sans qu'ils ne remarquent rien.'

'Ils ne dormiront pas tous en même temps, tu le sais bien. Ils ne nous font absolument pas confiance, ce sont tes mots.'

'La dose de gaz pour les endormir sera faible, le garde ne se doutera de rien et crois-moi, il ne se

vantera pas de s'être endormi durant son tour
de garde.'

'D'accord, ça devrait marcher, on commence
donc par faire ton gaz pour les endormir ?'

'Je fais ça, toi tu commences la réparation
factice du purificateur d'air. J'arrive dans une
demi-heure avec le produit.'

'Compris.'

La suite de l'opération se passe tranquillement.
Après avoir soi-disant réparés le purificateur d'air
nous nous en allons pour nous préparer dans nos
véhicules. D'ici quelques minutes ils seront
endormis et nous pourrons alors commencer de
recopier les gènes de l'arche.

Une fois que le réveil sonne nous sortons de nos
véhicules et rentrons à nouveau dans la base. Ils
dorment tous, comme prévu, après des jours de
voyage éveillés ils se sont tous endormis en un
rien de temps. J'observe un membre anonyme
de leur équipe endormi sur un siège dans la salle
de vie avec une tasse de café à moitié remplie
dans sa main. Je souris d'un air condescendant
envers lui.

Il devra être assez honteux de s'être endormi
durant son tour de garde.

Dommage pour lui qu'il ne saura jamais qu'il n'y
est pour rien. Alors que les autres vont
immédiatement en direction de l'arche je m'en
vais vers le frigo avant de me raviser. Ils
remarqueront si quelqu'un a pillé leur frigo.
Par conséquent je me contente d'observer le
contenu des armoires, du vieux matériel qu'on a

abandonné dans cette base avant d'arriver, quelques jours plus tard, à notre base principale. Il y a encore ma vieille blouse que j'avais abandonnée ici.

Maintenant que j'y pense sauf mon corps il ne reste plus rien de l'ancien Adam d'avant l'Apocalypse. Mes outils ont changé, j'ai changé, mes clones ont changé... c'est triste et réconfortant à la fois de voir que malgré tout le monde change sans arrêter. Un jour je finirai comme cette blouse, oublié et inanimé quelque part... mais mon monde continuera, Adam continuera.

Après une heure plusieurs des miens reviennent avec des échantillons, ils ont pillé une partie de chaque récipient de l'arche avec la complicité de quelque drones pour que ça ne prenne pas une éternité. C'était fastidieux mais ça a été accompli. Nous continuons à œuvrer quelque temps avant de partir définitivement de la base laissant nos hôtes à leur repos bien mérité.

Je me contente juste de rapidement retransformer leur purificateur d'air en un véritable purificateur d'air.

L'opération s'est déroulée sans trop de difficultés. Malgré cela je n'ai pu m'empêcher de prendre un petit prélèvement des gènes à VanCleef aussi. Vu son physique je pourrais hybrider mes gènes avec les siens afin de faire des êtres avec une force et intelligence hors du commun. Rien de tel pour survivre en un monde postapocalyptique.

25/2/6

Enfin rentrés, soulagés de la fin de la partie risquée de l'opération nous avons descendu toutes les informations génétiques collectées sur l'arche ainsi que les gènes de VanCleef dans les laboratoires de génétique. Il y aura du boulot, en plus je pourrai enfin faire gouter un des plus grands bienfaits de la civilisation à mes clones... la pizza !

26/2/6

Hier, après avoir rangé le matériel génétique dans les labos nous sommes tous allés dormir. Ce voyage nous a épuisés, nous prendrons quelques jours de repos avant de retrouver ces survivants. Lorsque je me réveille je descends dans la cantine, beaucoup de nouvelles têtes sont là... enfin façon de parler vu qu'on a tous la même tête.
Je fais connaissance avec la nouvelle génération de clones, ils ne sont pas très différents des deux générations précédentes.
'Alors Zéro, ça ressemble à quoi les filles ?'
'Ben pas très différent de nous tu sais, t'as bien regardé les bases de données.'
'Oui mais il y avait pas mal de malformations...'
'Non, c'est normal... euh t'es qui en fait ?'
'Trente-Cinq, je suis responsable de la maintenance des véhicules.'

'Ah parfait, ben on peut dire que tu auras du boulot. Quant aux femmes ne t'inquiète pas nous en avons rencontré une très sympathique qui a bien accepté qu'on la clone. Donc d'ici peu tu verras par toi-même ce que c'est.'

'C'est super ça. Elles seront fabriquées la prochaine génération ?'

'C'est ça, nous fabriquerons cinquante-huit Lucy.'

'Mais… il en manque une non ?'

'En fait Un est un zombie, il s'en fout donc, du temps qu'on lui clone un kilo de chair humaine à bouffer par jour il est content.'

'Un kilo par jour ? Ça fait beaucoup non ?'

'Normalement oui, mais on en profite pour mettre ses médicaments dedans. Un n'aime pas le goût de ses médocs du coup on le met dans son kilo de viande pour que ça passe inaperçu. Si tu croyais qu'un zombie affamé était un problème alors c'est que tu n'as jamais été forcé de lui faire avaler ses médicaments.'

'Bon d'accord, donc d'ici un peu moins d'un an il y aura cinquante-huit Lucy dans la base ?'

'Oui, mais on va encore faire quelques manipulations génétiques pour qu'elle soit au moins aussi géniale que nous.'

'Évidemment, ça coule de source.'

La discussion close je me lève et vais dans la salle radio pour y retrouver Vingt.

'Alors Vingt ça avance tes recherches ?'

'Oui, ça fait plaisir d'enfin avoir de la pratique à se mettre sous la dent. D'ailleurs je pourrais venir

avec vous lors de la prochaine expédition ?
Comme ça je pourrai me faire une idée plus
précise de mes sujets de tests.'
'D'accord mais fais gaffe, ils se méfient de nous.
Principalement parce que nous sommes des
clones et qu'un d'entre nous est un zombie.'
'Il faut avouer que ça ne correspond pas
vraiment avec les standards sociaux pré
apocalyptiques.'
'Pas faux, mais bon, beaucoup de choses ont
changé depuis et nous serons d'ici peu la
majorité des habitants de ce continent. Nous
sommes désormais, par définition, la norme. Ils
devront s'y faire.'
'Bon on part dans cinq heures lorsque les robots
d'entretien auront fini de tout revérifier dans nos
véhicules ainsi que de faire le plein de carburant
et de nourriture. Sois dans le bloc d'ici cinq
heures pétantes donc, c'est bien compris ? Je
ne perdrai pas mon temps à t'attendre, rater
notre rendez-vous avec eux ne ferait
qu'envenimer nos futures relations.'
'C'est bien compris.'

3/3/6

De Un à Quatre sont dans cantine, Zéro leur y a donné rendez-vous. Après quelques minutes d'attente ce dernier apparaît accompagné d'un air mystérieux. Il leur fait signe de le suivre.
'Alors Zéro, il s'agit de quoi ?'
'Je vous le dis dans quelques instants, faites juste comme si de rien était et surtout exactement ce que je vous ordonne.'
Il se dirige vers l'ascenseur, y rentre accompagné de Un à Quatre puis descendent au niveau des laboratoires de biologie. Là Zéro se dirige vers un ensemble de locaux dont il a bloqué l'accès à tous sauf lui depuis leur retour avec l'arche. Il ne se remet à parler qu'une fois qu'il a scellé la porte du laboratoire derrière de Un à Quatre.
'Messieurs, ceci est plus que de la simple chimie et biologie, c'est plus que de la vulgaire physique qu'il faudra appliquer. C'est pour cette raison que je vous ai réunis ici. Vous êtes les Adams les plus expérimentés. Il faudra de la discipline et du savoir-faire, vu les procédés qu'il faut mettre en œuvre je ne veux pas risquer d'avoir une poignée d'Uns zombifiés sous la main.
Un baisse le regard, quelque peu gêné.
'Maintenant que vous savez quels sont les risques de l'opération et des procédés à mettre en œuvre voici le progrès que j'ai effectué durant ces derniers jours.

Zéro enlève des étoffes qui recouvraient des petites vasques de clonage. Des formes de vie et produits étranges occupent la trentaine de vasques.

'Il a fallu des milliards d'années d'évolution pour que chacun de ces produits ne puisse apparaître. Et il a fallu l'inventivité humaine afin de les combiner correctement. Comme je vous ai dit, ceci n'est pas un vulgaire procédé, c'est un rituel comportant d'innombrables qualités de notre espèce. Rationalisme, créativité, instinct, motricité ... ce n'est pas de la vulgaire chimie. Chacun connaît ses tâches respectives alors que chacun se mette à son poste. Et n'oubliez pas de mettre vos masques ! Si je me suis trompé sur la moindre bactérie utilisée les choses peuvent sérieusement dégénérer.'

Chacun des clones se dirige vers les diverses cuves de clonage, se dirigeant vers les vasques et commence à en extraire les produits ou formes de vie tout en respectant les mesures de sécurité. Zéro vérifié, avec du matériel stérilisé, que les formes de vie disposent des bons codes génétiques et surtout qu'il n'y a pas de formes de vie supplémentaires et non désirés. Les autres commencent à préparer les ustensiles, les becs Bunsen, les erlenmeyers. Les produits sont transformés rapidement mais efficacement sous l'œil inquisiteur de Zéro. Ils œuvrent toute la nuit en secret, transformant des centaines de litres de chaque produit et préparant à nouveau les vasques pour la prochaine fois. À la fin de la nuit, masqué, Zéro observe le fruit de leur labeur. Une immense forme circulaire au centre de la pièce, sur une table d'acier. Les Adams observent la chose avec étonnement, surpris par l'idée d'une forme circulaire sur une table carrée. Cette chose est recouverte des produits fabriqués par les procédures de gestation accélérées ayant eu lieu dans ce laboratoire durant ces derniers jours.

'Messieurs, nous avons respecté les mesures de sécurité à la lettre, néanmoins je préfèrerais me présenter comme cobaye pour le premier essai.' Quatre retient Zéro par l'épaule.

'Mais si tu meurs…'

'Il nous faut procéder par cette ultime étape si nous voulons être certains que c'est sans risque. Commençons par stériliser cette chose.'

Zéro et Deux soulèvent la plaque sur laquelle les produits sont agencés et la reposent au-dessus d'une quinzaine de becs bunsen allumés. Tous observent la chose avec curiosité, Zéro avec émerveillement, dans le silence. Sans vraiment s'en rendre compte, quelques mots s'échappent des lèvres de Zéro.

'Toutes ces années de labeur… ceci en valaient largement la peine.'

Ils restent là durant quelques minutes. Ils nettoient les surfaces de travail, relancent les procédés de clonage et de gestations pour la prochaine fois. Finalement, une trentaine de minutes plus tard, Zéro les appelle. Ils éteignent les becs Bunsen,

Zéro s'approche de la plaque brûlante, un couteau à la main. Deux voudrait l'empêcher d'agir, de peur qu'il détruise cette chose. Mais finalement décide de faire confiance à Zéro. Ce dernier coupe dans la chose, des gaz s'échappent d'elle, des liquides et produits aqueux s'échappent, Un et Trois grimacent d'horreur devant cette scène.

S'étant assuré que l'air de la pièce n'est pas infecté, par une forme de vie non désirée constituée durant les nombreux procédés précédents, il enlève son masque et approche son visage de son chef-d'œuvre... et l'avale. Les clones l'observent, mi- horrifiés, mi- fascinés devant ce rituel complètement étranger à leurs activités habituelles. Finalement ils observent Zéro absorber le conglomérat de produits. Il se tourne vers les siens, le visage occupé par un sourire victorieux.

'Messieurs, nous l'avons fait... nous avons reconstitué, après toutes ces années de souffrance et loin de la lumière de l'humanité... la pizza.'

Un hourrah se fait entendre dans la pièce. D'Un à Quatre s'emparent de grands chiffons afin de saisir la plaque et emporter la pizza vers la cantine. Trois se retourne brusquement vers Zéro, observe son œil humecté d'un air surpris.

'Zéro ? Tu pleures ?'

'Quoi ? Euh non, non pas du tout, c'est juste l'oignon qui infecte mon œil.'

Dans la cantine je te passerai les détails. D'abord nous avons apporté la première pizza. Tout le monde était plutôt dubitatif, ensuite après que les premiers aient gouté de la pizza... ça a été la guerre civile. Comme craint les clones n'ont jamais gouté quelque chose d'aussi bon, ils ne savaient même pas que c'était possible. C'était barbare, un a du faire usage de toute sa force pour éviter une ruée barbare sur la pizza puis sur le laboratoire les fabriquant. De Deux à Quatre n'ont pas arrêté d'en fabriquer alors qu'Un protégeait l'accès au laboratoire. Avoir des rixes dans un laboratoire de biologie est le meilleur moyen de libérer des formes de vie... néfastes... sans parler de l'importance de respecter le matériel de travail.

Il y a même eu des sortes... d'arrestations durant les jours qui suivaient. L'offre de ne pouvant pas suivre la demande de cette denrée certains clones ont décidés d'en fabriquer par eux-mêmes.

Ils ont essayé, parfois réussis, à voler des gènes de l'Arche ou dans les divers laboratoires afin d'expérimenter.

La découverte du goût de cette pizza leur a tous donnés envie d'expérimenter avec tout le potentiel de l'arche... on doit vraiment faire gaffe à ces apprentis sorciers.

Ce serait bête que leurs expériences d'amateurs avec les gènes de l'Arche ne libèrent des formes de vie dans notre base qui ne mettrait fin à notre existence.

Maintenant tu comprends pourquoi j'ai préféré garder le secret sur la fabrication de la première pizza.

5/3/6

Le voyage s'est une fois de plus passé sans la moindre encombre mais à l'arrivée nous avons eu une mauvaise surprise.

La base a été bombardée, nous ne nous approchons de la zone de bombardement que lorsque nous sommes certains qu'aucune machine de guerre n'est active dans les environs.

Lorsque j'entre prudemment dans les ruines de l'abri je ne peux pas retenir une larme.

Je vois tous ces gens morts, gelés ou atteints par des tirs de shrapnells, y compris Mac Machin. Il a le regard vitreux, cassant comme du verre aussi d'ailleurs vu la température des environs.

J'observe avec tristesse tous ces gens, peut-être les derniers membres de mon espèce éparpillés dans les ruines. Est-ce le froid ou le bombardement qui a eu raison d'eux ?

Ça n'a plus aucune importance.

Soudainement un espoir renaît lorsque je vois que la salle du chauffage central a résisté au tumulte envers et contre tout. Après avoir dégagé les décombres une bouffée de chaleur sort de la pièce, VanCleef et Lucy s'y trouvent. Lucy a même une des combinaisons contre le froid. Je suis soulagé, rapidement moi et les autres les emmenons dans un des véhicules. Lorsque VanCleef se réveille il est en état de choc et se débat quelques instants comme un forcené avant de comprendre où il se trouve. Après avoir repris son calme il se met à nous expliquer ce qui s'est passé comme s'il récite un rapport militaire. Je l'écoute tout en frottant mon bras endolori à cause de sa crise de panique.

'Ils sont tous morts, c'étaient des bombardiers Russes qui ont fait ça. Ils nous avaient repérés hier je pense. J'ai juste eu le temps de me jeter dans l'abri avec Lucy et deux combinaisons. Hélas une fois bloqué à l'intérieur de la salle des machines je me suis rappelé que la combinaison était trop petite pour moi.'

'Au moins vous avez survécu.'

Van Cleef soupire.

'Oui, mais l'arche est détruite.'

'Pas grave.'

'Comment ça pas grave ? C'était l'unique base de données connue contenant les informations génétiques de la quasi-totalité des espèces de la planète ! Il n'y a pas deux banques de données de ce genre sur la planète! Dans ce bombardement des milliers d'espèces sont condamnées à ne plus jamais pouvoir réexister !'

Je ne peux dissimuler un air coupable.

'En fait avant votre départ on vous a endormis et copiés les infos, on se doutait que vous n'accepteriez pas donc pour ne pas causer des soupçons ni de tensions on vous a endormis.

Nous avons juste transformé le purificateur d'air pour quelques heures en appareil à distillation de gaz soporifique.'

VanCleef paraît d'abord avoir un air soulagé puis me jauger d'un air réprobateur.

'Tu veux dire que toutes ces informations ont étés sauvegardées ?'

'Sauvegardées et une bonne partie d'entre elles sont déjà en voie de redéveloppement dans nos laboratoires. Si vous le voulez on vous renverra une copie de chacun des éléments pour nous faire pardonner.'

'Oui, parfait, superbe, je viens de passer du désespoir vers l'euphorie. Tu nous as sauvés, ces informations seront vitales pour recoloniser la Terre une fois cet hiver nucléaire terminé.'

'J'ai aussi un deuxième truc à t'avouer, mais tu promets de ne pas te fâcher ?'

Malgré son euphorie récente le visage de Van Cleef se recompose et il redevient dur.

'Qu'est-ce que vous avez encore commis à notre insu ?'

'On a prélevé un peu de ton information génétique. Tu es quelqu'un avec un physique assez solide. On s'était dit que ce serait assez utile pour les prochaines générations de clones, avec mon génie et ta force nous avons encore plus de chances de survivre à cet enfer.'

VanCleef m'observe d'un regard amorti durant quelques instants.

Il est à bout de forces, physiquement et mentalement.

'Je suis trop fatigué pour me fâcher, de tout de façon tu as raison dans le fond. Notre première priorité est la survie. C'est pour ça que nous devons repartir vers Washington une fois l'armée Russe détruite par une de nos armées. Nous devons continuer d'essayer de protéger notre territoire le mieux possible. D'ailleurs on aurait besoin d'un coup de main de votre part.'
Entendant cela je me méfie immédiatement.
'À quel sujet ?'
'Réparer notre base ne servirait à rien, tu as vu ce que c'est comme ruine. Si vous pouviez nous en refaire une et nous donner les moyens de l'entretenir ce serait l'idéal.'
'D'accord, mais alors moi et mes clones seront considérés comme des alliés et exonérés de toutes ces conneries comme le service militaire et ces genres de trucs qui pourraient germer dans ton esprit si tu finis comme ce cinglé de Mac Machin.'
'Mac Culligam ! Tu ne pourrais pas le retenir pour une fois ? Respecte les morts au moins.'
'S'il avait respecté les vivants j'aurais pu le faire, mais là... même pas dans tes rêves.'
Cette fois le visage de Van Cleef devient rouge de colère.
'Je t'emmerde Adam Rudolph.Tu as beau te croire être un petit génie en tout tu n'es rien d'autre qu'un sombre crétin. Tu n'as aucune idée des décisions qu'il ... que nous avons dû faire afin de survivre.'
'Survivre à vos propres conneries.'

'C'était bien avant ça qu'on luttait pour survivre, tu n'imagines même pas le nombre d'armes nucléaires qui étaient pointées sur notre pays. Il y en avait tellement que certaines devaient même faire péter nos déserts ! Ils allaient tout faire péter, chaque mètre carré, nous n'avions plus le choix.'

'C'est absurde, pourquoi feraient-ils péter jusqu'à nos déserts ?'

'Près d'un siècle de haine absolue envers notre état, notre hégémonie et tout ce que nous représentions, ça te suffit ? Ou je dois encore rajouter l'argument que c'étaient des cinglés totalitaires qui n'avaient plus rien à perdre ?'

Suite à cette conversation je préfère me taire. VanCleef et moi ne pouvons pas être du même avis, nous sommes trop différents. Je suis un scientifique qui ne voit la morale que comme un outil alors qu'il est un militaire la voyant comme un dogme.

Néanmoins nous sommes d'accord sur l'essentiel. Il faut défendre notre territoire pour être un peu plus en sécurité. Quelques minutes plus tard Lucy se réveille enfin.

'Francis...'

VanCleef se penche sur Lucy et lui sourit.

'Je suis là Lucy, Adam est venu nous chercher.'

Sur cette scène émouvante je déclenche les moteurs de notre drone tout en faisant signe aux autres conducteurs d'en faire de même.

VanCleef se retourne vers moi d'un air brusque.

'On va où là ?'

'Les abris étapes ne sont plus sûrs, s'ils en ont trouvé un qu'en est-il des autres ? On sait que, vu les nuages qui obscurcissent complètement le ciel, ils ne savent pas nous repérer par satellite donc ce convoi n'est pas observé ni condamné. Par contre on va devoir faire un détour pour être certains que nous ne sommes pas suivis par des drones d'observation ennemis.

Nous allons dans notre base principale, là où tout le monde se trouve. C'est la meilleure solution qui nous reste. Vous resterez là le temps qu'il vous faudra pour récupérer ainsi que le temps qu'il nous faudra pour vous faire une nouvelle base à Washington.

Par contre j'aurai aussi besoin de ton aide VanCleef, tu devras nous aider à déplacer les commandes des armées.'

'Ça ira, j'ai été entrainé pour faire face à des situations pires que ce genre d'opération là.'

La suite du voyage est plongé dans le silence, même Trois n'a pas osé parler durant cette discussion, comme quoi l'ambiance est tendue. VanCleef et moi ne nous apprécions absolument pas, mais on veut la même chose, un monde meilleur... ou du moins, moins pire, c'est déjà assez ambitieux comme projet.

16/3/6

Une fois arrivés dans notre base nous avons donné une chambre à chacun des deux survivants du bombardement.

Tous deux sont vraiment mal à l'aise de voir des dizaines d'individus avec le même visage.

Seul un nombre, brodé ou dessiné, sur nos vêtements ou quoique ce soit d'autre comme personnalisation leur permet de nous différencier.

Francis VanCleef est celui qui a le plus dur à s'adapter. Lucy quant à elle est aussi nerveuse mais c'est principalement pour ... une autre raison. Elle sait qu'on est en train de la cloner quelques étages en dessous de ceux des quartiers d'habitation qu'ils ne peuvent pas quitter. Elle espère probablement que VanCleef ne s'en rende pas compte.

Tout va dépendre du temps qu'il nous faut pour finir la nouvelle base de Washington. Si elle est finie d'ici moins de douze mois alors son secret sera à l'abri, dans le cas contraire VanCleef ne pourra plus jamais lui faire confiance suite à ce qu'il pourra considérer comme une trahison.

C'est fou comme le mensonge et la vérité s'entremêlent en ce bas monde. Mais bon, le premier mensonge n'est-ce pas la morale ?

C'est un peu comme guérir le mal par le mal.

20/03/6

Je quitte ma chambre pour descendre vérifier le bon fonctionnement de l'accélérateur de particules. J'y ai découvert un phénomène des plus intéressants le mois précédent et n'arrête pas d'essayer de le reconstituer sans succès jusqu'à présent. Il est certain que ce n'est plus qu'une question de jours si pas d'heures pour que l'ordinateur central responsable de l'accélérateur ne repère une autre de ces anomalies.

Passant par hasard dans un couloir je vois Vingt devant moi. Vingt a cet air caractéristique de lorsqu'il va me demander une faveur. Je soupire, regrettant déjà ce qui va suivre.

'Qu'est-ce que tu veux cette fois-ci Vingt ?'

Vingt s'avance timidement, sachant comme ce genre de discussions m'est désagréable.

'Ben je me disais... on va faire des Ève non ?'

'Oui, tu les as vues toi-même dans le laboratoire et tu y es resté durant des heures à les dessiner. Je crois que tu les connais mieux que moi sous un grand nombre d'aspects désormais.'

'Oui, d'accord mais un problème risque de se poser avec le temps et en tant que sociologue de la base je me dois de te prévenir.'

'Quoi ?'

'Ben quand un homme et une femme se rencontrent et qu'ils s'aiment très très fort il leur arrive à faire des petits et tout ça... et finalement ça pourrait faire des tensions car plusieurs messieurs pourraient aimer une madame et plusieurs mesdames un monsieur... tu comprends ?'

'Oui, c'est ce qu'on appelle une vie sexuelle. Je comprends que tu ne comprennes cela qu'intellectuellement on n'a pas beaucoup pris de temps pour avoir une vie sexuelle depuis le commencement de cet hiver nucléaire.'

'Mais justement je voulais parler de ça...'

'De l'hiver nucléaire ?'

'Mais non ! De la vie sexuelle... Il faut préparer socialement et mentalement les Adam et les Ève à ce genre de relation. Si nous y laissons libre cours il se pourrait qu'il y ait des problèmes, des tensions sociales. Tu sais dans les sociétés d'autrefois des mâles et des femelles s'affrontent pour un partenaire ou l'autre et ça finit toujours par faire des dégâts...'

'Et donc ?'

'Et donc je voudrais commencer à faire des cours d'éducation sexuelle pour éviter ce genre de problème. Si jamais on ne fait rien face à ce futur problème ça pourrait faire des dégâts.'

'Ben pourquoi tu ne l'annonces pas aux autres une fois en cantine ?'

'Ben si tu me soutenais dans cette proposition, fort de ton expérience de relations sociales avec autre chose que des Adams ça pourrait aider à les convaincre.'

'Bien sûr, si tu le désires.'

Vingt sourit comme un petit enfant après avoir obtenu ce qu'il désire. Mais il ne s'arrête pas pour autant.

'Parfait ! Dis… j'ai une autre petite question.'

'Quoi ? Dépêches-toi j'ai du travail qui m'attend en labo.'

'Ben si les messieurs et mesdames s'aiment très fort j'ai lu qu'ils se mariaient, je pourrais organiser des mariages ?'

'Écoute Vingt, chaque chose en son temps, d'abord tu fais tes cours d'éducation sexuelle et ensuite on pourra envisager les mariages si ça intéresse quelqu'un, compris ?'

Cette fois-ci Vingt a un regard déçu.

'Bon, d'accord, c'est toi qui vois…'

Ensuite je m'en vais d'un pas pressé, il a passé suffisamment de temps à ces conneries et doit encore préparer divers plans pour des bases militaires à présenter à VanCleef en plus de tout ça.

23/3/6

Une expédition a été envoyée ce matin afin de vérifier si la bataille de Washington entre l'armée de Russie et une quelconque armée de renforts est enfin finie. Un seul véhicule a été envoyé.

En attendant j'ai rassemblé les techniciens et experts nécessaires pour les travaux à venir.

Il faudra commencer à construire toutes les machines nécessaires à la construction de cette nouvelle base.

Quant à VanCleef il nous donne toutes les informations qu'il a à disposition en ce qui concerne les panneaux de contrôle de ses armées.

Trente-Deux quant à lui a proposé d'améliorer la technologie dont il dispose afin de lui permettre plus d'efficacité à son travail. Évidemment je n'ai pas eu le temps de le retenir, VanCleef quant à lui s'est empressé d'accepter. C'est dommage mais c'est comme ça.

Pour le reste nous lui expliquons comment fonctionnent les machines et lui proposons de lui laisser quelques techniciens qui se relayeront pour assurer le bon fonctionnement de la base. Il nous a aussi proposé d'entrer en contact avec les autres bases de survivants.

Premièrement pour leur annoncer que les survivants de Washington ont bel et bien survécu, en partie du moins. Mais aussi pour leur proposer que nous leur fassions des bases afin d'avoir des chances de survie plus élevées.

Après tout… ça il restera toujours quelque chose d'autre à faire pour passer le temps. En plus ils accepteraient nos… différends avec plus d'aisance si nous en montrons les bons côtés d'une armée de clones géniaux.

28/3/6

Il n'y a plus une brique sur l'autre à Washington, seuls les abris nucléaires, et rien qu'en partie, ont survécu à la bataille.

Par conséquent nous commencerons par choisir le meilleur emplacement possible dans les environs pour la nouvelle base.

Demain nous enverrons par véhicules pilotés automatiquement les premiers chargements de robots de forage et collecteurs afin de préparer les travaux et collecter les données nécessaires à sa planification.

VanCleef a demandé une base de taille imposante. Quoique ce projet soit ambitieux il reste faisable, ça prendra juste un peu plus de temps.

Par contre lorsqu'il nous a demandé si l'on pouvait améliorer ses armées nous avons refusé sans faire le moindre compromis. Rien ne nous assure qu'un jour ces armées ne se retourneront pas contre nous, les machines n'ont pas d'allégeance, croire qu'une arme se battra que pour nous est comme croire que son épée ne sait que blesser ses ennemis...

Comme le dit le proverbe : *l'oiseau reconnaît ses propres plumes sur la flèche qui vient de l'abattre*. Mieux vaut ne pas donner à autrui le moyen de nous détruire.

1/7/6

Lucy devient nerveuse, la naissance de ses clones se rapproche et on sait déjà reconnaître ses traits sur les visages de ses clones. Elle a de plus en plus peur que VanCleef ne s'en rende compte et ne considère cela comme une trahison.

Quant aux travaux ; l'opération de forage est enfin achevée, nous avons pu commencer la construction de la base à proprement parler. Pendant ce temps plusieurs équipes de clones travaillent sur les plans pour les diverses bases qui seront fabriquées par la suite pour les autres survivants.

Moi-même je commence à m'enfoncer dans cette bonne vieille routine de planification des chantiers des diverses bases. Le plus dur est de trouver les matériaux nécessaires dans les environs, mais dans l'ensemble ça va.

Je n'aurais jamais cru recommencer à travailler pour quelqu'un après la chute des nations d'antan. Mais j'avoue malgré tout que les expériences recommencent à me manquer.

3/10/5

Un œil encore fermé, le cerveau complètement endormi, je me promène en pyjama dans les couloirs de la base. De ma main droite je tiens ma tisane alors que de ma main gauche je tiens un rapport que Deux voulait que je lise absolument dans les vingt-quatre heures.

Mes maigres jambes poilues se balancent nonchalamment en rythme avec la ceinture pendouillante de mon peignoir.

Soudainement je m'arrête, mon cerveau endormi vient de voir quelque chose qu'il n'est pas censé voir, un destrier... libre ... dans la base. Alors que mon cerveau réalise qu'il y a un animal que je n'ai jamais vu auparavant dans la bise je remarque aussi un de mes clones sur le dos de la créature.

'Six ?'

Ce dernier, assez gêné d'avoir été pris sur le fait, répond de l'air le plus innocent qu'il peut.

'Zéro ?'

'Qu'est-ce que tu fais sur une licorne lors du couvre-feu ?'

'Ce n'est pas une licorne, tu es en train de rêver, tu devrais retourner au lit... on fait parfois de mauvaises rencontres dans ses rêves.'

On reste se faire face en silence alors que la licorne boit ma tisane d'un air indifférent.

'Je suis presque sûr que tu me mens.'

'Je ne te mens pas… tu peux me faire confiance, tu dors. Après tout… je suis une partie de toi non ?'

'Je me connais, je ne peux pas me faire confiance. Qu'est-ce que tu fous sur une licorne à cette heure dans le couloir principal ?'

Six tousse, visiblement gêné. Après quelques instants il se résigne à parler voyant que je ne suis pas convaincu de rêver.

'Je voulais recréer une de ces créatures légendaires du monde d'avant l'Apocalypse.'

'Légendaires ?'

'Oui, celles que j'ai vues dans le bestiaire fantastique. C'était assez dur à recomposer le bon code génétique d'ailleurs il n'y avait pas la créature telle quelle dans l'arche.'

J'observe Six, Six m'observe, la licorne m'observe dans l'indifférence la plus flagrante tout en finissant ma tisane.

'Tu sais ce que veut dire légendaire Six ?'

'Euh … vraiment spécial ?'

'Non, enfin oui, mais pas que. Ça signifie aussi que cette créature a été inventée au fil d'histoires, de contes et légendes, elle n'a jamais existé.'

Un long silence endure alors que la licorne s'en va mâchouiller un peu de verdure deux mètres plus loin.

'Ah… tu es sûr ?'

'Aussi sûr de ça que du fait que ceci n'est pas un rêve.'

Six me fait un regard déçu.

'Ah bon…'

'Désolé. La réalité peut être une chose dur à accepter parfois.'

'Donc il n'y a jamais eu de licornes sur Terre ?'

'Jusqu'à maintenant je suis presque sûr que non.'

J'observe ma tasse vide durant quelques instants avant que je ne reprenne le fil de la conversation.

'Pourquoi tu ne voulais pas qu'on sache que t'as une licorne ?'

'Ben… j'voulais un animal de compagnie mais tu nous avais interdit ça pour des raisons d'hygiène…'

'Prochaine fois tu m'en parles. Il se pourrait qu'un jour un autre imbécile ne fasse un animal dangereux.'

'Comme quoi ?'

'Ben… un dragon par exemple ? Vu qu'on parle tout de même de créatures fantastiques.'

'Un dragon ? Il y a un problème avec les dragons ?'

'Plutôt oui… tu sais… ça vole, ça crache du feu, c'est vorace, avare et violent… je suis presque sûr que c'est un très mauvais plan d'en avoir un dans la base.'

J'observe l'air gêné de Six durant quelques longs instants.

'Tu ne serais pas en train de fabriquer un dragon par hasard ?'

'Non… nonnonnonnon… pourquoi ?'

Je soupire longuement.

'Alors les dragons que tu ne prépares pas tu vas vite m'arrêter ce projet parce que je ne veux pas finir grillé. Tu m'as bien compris ?'

'Euh... oui oui...enfin, hypothétique oui oui.'

Je soupire longuement observant ma tisane vide.

'Et essaye de ne pas laisser de purin de ta licorne dans le couloir, ce serait contre-productif...'

'D'accord...'

Sur ce je m'en vais à nouveau de la cafétéria pour me refaire du thé. Lorsque je suis à nouveau en train de me faire une tisane j'entends, non sans un certain amusement, VanCleef hurler à une demi-centaine de mètres de moi.

'Putain il y a une licorne dans la base !'

11/11/6

Les travaux de la base de Washington ont étés achevés quelques jours avant la naissance des clones de Lucy. Lorsqu'on parle des clones de Lucy en présence de VanCleef, afin qu'il ne se doute pas de quoi que ce soit nous les appellerons Ève. D'autre part les deux grandes catégories de clones seront nommés Adam et Ève, c'est plutôt bien trouvé non ?

Les travaux continuent mais je commence à sentir un mécontentement généralisé parmi mes clones. Je peux comprendre leurs colère et frustration, après tout, pourquoi travaillons-nous pour ceux qui ont détruit ce monde ? Pourquoi aidons-nous des gens à qui nous ne devons rien ?

Deux a commencé à me contester ouvertement disant que l'éducation que j'avais subie dans l'ancien monde me rendait subjectif.

Il a même affirmé que cet humanisme que j'idéalise n'est bon qu'à donner une chance à cette folie de survivre et de nuire à nouveau à l'avenir.

J'avoue que moi-même je commence à douter de mes convictions. Mais même s'il s'avère que Deux ait tort, comment lui en vouloir ? Aucun d'entre eux n'a connu l'ancien monde avec son soleil nous baignant dans sa généreuse lumière pourvoyant la terre en chaleur et en énergie pour les plantes et par conséquent à tous les autres êtres vivants.

Ils n'ont connu que les cendres froides de ce nouveau monde. La première chose qui leur vient à l'esprit concernant la surface est la menace omniprésente des Légions d'Acier semant systématiquement la mort et la destruction partout par où elles passent.

Ils n'ont pas pu connaître le moindre témoignage de ce monde d'autrefois, un monde généreux où les plantes pouvaient pousser en surface.

Ils n'ont connu que la misère et l'hostilité de ce monde. Un monde où les uniques formes de vie prospérant sur la surface de la planète n'étaient pas que des bactéries et autres micro-organismes pouvant survivre dans des milieux extrêmes.

Je finirai par croire que c'est moi qui ai tort. Je vais finir par croire que le monde a changé et que nous devons changer avec lui.

Ce n'est pas en s'accrochant à l'ancien monde comme le font beaucoup de survivants, et probablement même moi, qu'on ira mieux après tout. Les règles ont changé probablement, et ce que je crains le plus est que je ne m'en sois pas pleinement rendu compte.

22/11/6

J'ai accompagné la première équipe de techniciens afin de visiter la nouvelle base de Washington. Nous sommes partis en même temps que Lucy et VanCleef.

J'avoue avoir été impatient durant tout le trajet. Enfin voir tout ce que l'on a accompli de mes propres yeux et pas qu'au travers d'un écran de mauvaise qualité.

Une fois arrivés sur place nous avons vérifié que tout est en ordre, la température, le taux d'oxygène ainsi que le taux de radioactivité. Ce dernier pose le problème qui est le plus dur à résoudre. Il ne faut pas uniquement aller chercher des matériaux ailleurs qu'à Washington qui a été, je le rappelle, déjà atomisée par deux fois et donc irradiée deux fois.

Il faut aussi concevoir une couche de béton beaucoup plus épaisse autour de la base afin que la radioactivité ne puisse s'infiltrer. Malgré tous ces problèmes nous avons bien dû fabriquer cette base à cet emplacement. Avant le démarrage des travaux j'avais demandé à VanCleef si nous ne pouvions pas concevoir cette base ailleurs.

Il m'a répondu qu'elle aura une valeur symbolique qui vaut largement ce coût matériel supplémentaire.

La capitale des États-Unis restera inchangée, apocalypse ou pas. J'avoue respecter son entêtement.

Malgré cela je remarque quelque chose dans le regard de VanCleef lorsqu'il voit mes clones à l'œuvre. Il le pense si fort que je devine avec une certaine certitude ce qui prend forme dans son esprit. Il veut nous faire changer d'avis, nous faire rejoindre sa guerre absurde.

Malgré sa désapprobation de mon clonage massif l'efficacité des Adams, moi compris, est sans égal sur toute la planète probablement. Ce dernier point n'étant pas vraiment un exploit vu le nombre de gens qui sont encore en vie mais reste un résultat.

Lors de la finition des travaux je pense que je vais en profiter pour piéger la base. J'ai déjà vu comment ce genre de militaire finit lorsqu'ils ont trop de pouvoir entre les mains. Rien ne corrompt le cœur des hommes plus aisément que le pouvoir. À titre personnel, et je pense que je pourrais même parler au nom des Adams, nous n'aimerions pas en faire les frais.

Avoir un nouveau Mac Machin mais avec un véritable pouvoir serait une catastrophe.

Autant prendre les devants, je préfère passer pour le salaud qui survit que la victime qui subit dans cette histoire.

17/12/6

Après avoir passé plusieurs jours dans la base de Washington j'ai fini par rentrer chez moi... chez moi... ce concept me paraît étrange désormais. Pourtant c'est la meilleure façon de décrire ma base... chez moi.

J'ai pu observer avec joie la naissance des Èves. Elles sont toutes à l'image de Lucy, magnifiques. Heureusement qu'on leur a rajouté notre intelligence, sinon cette beauté seule serait un triste gâchis.

Je veux dire, Lucy a eu des années pour se développer intellectuellement, pas que quelques mois. Ses clones n'auront pas eu ce luxe. En plus elles devront être au moins aussi efficaces que les Adams qui font fonctionner la base sinon ce sera vite le chaos.

Demain nous allons commencer les travaux d'une seconde base dans le Montana, enfin, ce qu'était le Montana autrefois.

Le climat et la guerre en ont changé la géographie... et un tas d'autres trucs.

Alors que cinq clones devront être en permanence à la base de Washington une vingtaine de clones seront occupés afin de concevoir la seconde base par l'intermédiaire des drones.

Quant à moi je vais avec une dernière vingtaine des miens commencer un projet de base purement militaire en Alaska.

Van Cleef nous a informés que c'est par là que de nombreuses armées Russes passent, c'est donc là que nous les arrêterons.

Il vaudrait mieux y ériger une forteresse, en plus pas mal de ressources sont disponibles sur place et les lieux n'ont presque pas étés bombardés. Par conséquent les travaux seront plus aisés que normalement.

Avant que les travaux ne commencent on devra effectuer une grande opération militaire afin de disposer du maximum de temps possible pour créer cette colossale forteresse en Alaska. Si la zone est sécurisée durant quelques mois nous pourrions créer un arsenal capable d'arrêter les innombrables armées de Russie, de les briser telles les vagues sur la roche.

Enfin cette métaphore fonctionne pour l'époque où les mers n'étaient pas encore essentiellement gelées.

VanCleef s'est engagé à nous faire parvenir plusieurs armées à cette fin. Même s'il n'a pas la puissance industrielle pour résister indéfiniment de manière frontale à la puissance des industries Russes il pense pouvoir les retenir plusieurs mois. C'est plus qu'assez pour finir la forteresse.

Après cela les armées ennemies n'auront pas d'autre choix que de choisir la voie d'accès la plus difficile menant à notre continent.

Ils devront passer par l'océan Pacifique s'ils ne veulent pas être anéantis avant d'atteindre notre territoire. Des océans qui depuis le début de l'apocalypse sont devenus des immenses blocs de glace dont les tempêtes, tsunamis et les volcans sous-marins brisent régulièrement des morceaux retournant de gigantesques blocs de glace.

En d'autres termes d'immenses blocs de glace se déplaçant comme des continents, mais en plus rapide et moins prévisible. Des armées entières disparaîtront dans les profondeurs de l'océan Pacifique de cette manière.

D'autres survivants ont rejoint VanCleef pour continuer la guerre.

Je pense qu'ils vont finir par tous quitter leurs anciens refuges lorsqu'ils verront la qualité de vie et la sécurité offerte par la base de Washington. Je n'aime pas trop cette idée, tous les survivants en un même endroit… et en plus sous contrôle direct de Van Cleef, il y a beaucoup de risques dans cette stratégie.

D'une part pour les survivants, c'est un peu comme mettre tous ses œufs dans le même panier. D'autre part aussi parce que le contrôle que VanCleef exerce sur eux ne va que s'accentuer ce qui lui permettra de devenir plus puissant… plus dangereux.

26/12/6

C'est lorsque je dormais que Vingt est venu me chercher dans ma chambre.

'Qu'est-ce qu'il y a Vingt ? Tu ne vois pas que je dors ?'

'C'est important Zéro.'

'Quoi il y a eu une déficience dans l'accélérateur de particules ou quoi ? Dix-sept refait des siennes ? Ou Bob a inventé une nouvelle farce aux conséquences catastrophiques ?'

'Non tout fonctionne bien, juste…, lève-toi et suis-moi.'

Je fais comme Vingt m'a demandé sans poser d'autres questions.

C'est dans sa nature de me demander des choses saugrenues sans donner plus d'explications.

Je me lève et m'habille silencieusement pour ne pas réveiller les clones dormant dans les chambres voisines.

Lorsque je suis descendu dans la cantine je commence à me faire une idée de ce qui se passe réellement… tous les clones de la base sont présents et m'observent dans un silence plutôt malsain. Ils ont déplacé les tables pour qu'elles soient agencées comme dans un tribunal de l'ancien monde. Au centre du dispositif de tables se trouve Trois avec Sept et Onze siégeant respectivement à sa gauche et sa droite.

Vingt montre poliment mais fermement à Zéro la place où il doit s'asseoir… la place de l'accusé. Après s'être assis, toujours dans le même silence, c'est Trois qui prend la parole avec un air officiel.
'Adam Zéro, ce tribunal a été levé dans le but de vous faire connaître les griefs de la communauté des Adam à votre encontre. Nous jugeons votre façon injuste de nous mettre au service de VanCleef comme intolérable.'
'Comment ça ?'
'Depuis que vous nous avez fabriqué vous nous avez toujours bien traités. Nous avons toujours pu faire ce que nous voulions et cela grâce à vous mais malgré tout cela c'en est assez. Vous avez dépassé les bornes.'
'Dépassé quelles bornes précisément ?'
C'est alors qu'Un entre dans la cantine avec des pizzas, quoiqu'il soit un zombie il adore toujours cuisiner.
'Mhhhmhhmhhhhh !!'
Un instant Trois essaye de maintenir sa voix grave et solennelle mais tous les autres clones se déconcentrent et se mettent à manger de la pizza tout en parlant entre eux. Finalement Trois abandonne et arrête de parler solennellement.
'Bref, t'essayes de recréer le monde d'autrefois et cela à nos dépens.'
'Mais enfin, c'est absurde, c'est impossible de recréer le monde d'autrefois, il a été atomisé.'
En trois bouchées à peine l'ambiance passe de celle d'un tribunal à un pique-nique.

'Ce n'est pas ça qu'on veut dire… tu veux recréer un état et tu aides VanCleef.

Lui, tu ne peux pas nier, veut refaire l'ancien monde quoique ce soit irréalisable.

Il va finir par nous donner des ordres, d'ailleurs il l'a déjà fait pour les autres bases et la forteresse en Alaska. Nous ne sommes pas ses larbins, tu te souviens de notre premier désir ?

Faire des recherches, décortiquer le tissu de la réalité, pas faire des bases militaires aux quatre coins du continent. VanCleef ne nous amènera que plus de guerre.'

'Mais enfin, nous devons aider ces pauvres gens, par simple humanisme.'

'Justement, on ne s'est pas très bien compris à ce sujet, j'ai relu les livres d'histoire que nous avons collectionnés et que Quarante-Deux est en train de refaire.'

'C'est moi !'

'Oui, merci Quarante-Deux. La conclusion est que la guerre est dans l'ordre naturel des choses pour ces abrutis.

Soit ils souffrent soit ils prospèrent suffisamment que pour recommencer la guerre. Si cette guerre a détruit le monde c'est comme pour la Première Guerre mondiale et la plupart des autres aussi d'ailleurs. Cette énergie belliqueuse a été accumulée trop longtemps et finit fatalement par trouver un moyen de s'exprimer et ce avec un gros bonus si la paix a trop duré. Soit ils souffrent soit ils se préparent à la guerre, qu'ils le fassent consciemment ou non.

C'est dans la nature de notre espèce et celle de tous les autres êtres vivant à un degré ou l'autre. La souffrance est le moteur de l'évolution. Malgré qu'ils la craignent et la haïssent ils ne peuvent pas s'en passer et s'ils ne la subissent pas ils finiront par la causer. C'est leur seul moyen d'évoluer naturellement et seuls ceux qui évoluent survivent à ce que l'avenir nous prépare.

Contrairement à nous ils ne peuvent pas profiter d'une évolution artificielle. Ils ne peuvent que subir une évolution naturelle et le moteur de cela est la souffrance. Ces abrutis n'arrêteront jamais, ils sont programmés pour ça, les technologies s'améliorent mais pas les hommes Zéro. Ça finira fatalement par détruire toute notre espèce, déjà que ce n'est pas passé loin avec la dernière guerre.'

J'observe Trois dans le blanc des yeux. Il n'est pas intimidé, il sait ce qu'il fait, ce qu'il dit. Il a probablement passé des mois à rassembler son courage et argumentaire.

'Où veux-tu en venir Trois ?'

'Nous sommes déjà tous d'accord sur une chose, on ne veut plus les aider mais ce n'est pas ça que nous te demandons.'

'Alors quoi ?'

'On veut fonctionner comme dans une république lorsqu'on prend des décisions. Malgré que chacun ait son mot à dire ça reste toujours toi qui tranches dans la plupart des cas.

Tu as très bien agi jusqu'ici mais je voudrais qu'on institutionnalise notre façon de décider. Ce sera plus sûr, tu ne vivras pas éternellement et tu sais que donc cela pourrait nous mener vers une situation où nous aurions un roi ou quoique ce soit dans le genre.'

'Moi ça me va, mais quant aux travaux des bases, on fait quoi ?'

'On va voter, probablement qu'on continuera mais que nous n'en commencerons pas des nouveaux. Même si je ne peux pas encore te l'affirmer je crois que ce sera ce que nous déciderons collectivement vu l'opinion prédominante parmi les Adam.'

'Excellent, donc on va simplement voter les prochaines fois qu'on devra prendre une décision c'est bien ça ?'

'C'est ça.'

'C'est tout ?'

'Oui, enfin je crois bien...'

'Parfait, alors je retourne me coucher.'

Trois est décontenancé, il s'était attendu à une résistance de ma part quant à ce changement de pouvoir et là... rien ne se passe.

'Bon...ben... bonne nuit alors.'

'Merci, à vous aussi.'

Alors que tous les Adam observent Zéro retourner dans son lit Vingt brise le silence.

'Ça s'est passé plus facilement que prévu finalement.'

'Dommage, j'aurais au moins espéré une dispute, de quoi lui faire ravaler sa fierté qu'il a

injustement prise lors de la dernière partie de poker, il avait triché après tout.'
'Ah oui ?!'
'Oui, en tout cas je le pense, il aurait pu gagner comment au sinon ? Tout le monde sait que je suis le meilleur.'
L'instant d'après tous les Adams, à l'exception de Zéro, recommencent à se disputer sur qui aurait dû gagner et qui avait triché. En l'occurrence il aurait été beaucoup plus simple de dire qui n'avait pas triché.

3/1/7
VanCleef n'a plus besoin de nous pour entretenir sa base, certains des survivants qui sont fraîchement arrivés en sont capables.
Il a dit avoir pris cette décision car il a des remords de demander tellement d'aide à moi et à mes clones.
Malgré cette excuse bidon je ne suis pas dupe. Il cherche à devenir indépendant des Adams.
Lorsqu'il n'aura plus vraiment besoin de nous il commencera à montrer son vrai visage, à dévoiler son véritable plan. Je crains que ce soit un Mac Machin bis à qui j'ai offert du pouvoir. Je regrette déjà de l'avoir sauvé, qu'ai-je fait ?
Au plus que j'y pense au plus que je suis convaincu que c'était une bonne idée de remplir les parois de sa base d'explosifs.
S'il ne fait que mine d'essayer de devenir un Mac Machin bis je te jure que je le réduis en

poussière radioactive. Enfin c'est dans ce sens que nous voterons probablement s'il commence avec ce genre de connerie.

6/6/7

J'ai vraiment été extrêmement occupé ces derniers mois, la forteresse est terminée en Alaska. C'est impressionnant tout le potentiel de destruction que j'ai pu mettre au point. Déjà qu'avec mon ancien travail j'avais révélé ce lugubre potentiel, pour la plus grande damnation de notre monde. Heureusement qu'il n'y a déjà plus rien de vivant dans le coin. Malgré tout... je me suis surpris à avoir peur de mon propre pouvoir, car oui, le savoir c'est le pouvoir. Est-ce que c'est ce que VanCleef et les autres survivants pensent de moi ?
Un cinglé qui s'est cloné à volonté et qui dispose de tout le pouvoir dont il désire ? Quelqu'un de tellement puissant que même dans le contexte actuel je prospère... un monstre peut-être ?
Non, je ne crois pas, je crois qu'ils me sont redevables, j'ai grandement amélioré leur qualité de vie après tout. Mais bon, d'autre part la reconnaissance n'est pas une qualité humaine très présente, spécialement en ce genre d'époque où seule la nécessité fait loi.
PS : VanCleef m'a convoqué à sa base, je me demande ce qu'il veut. Est-ce moi ou je deviens paranoïaque ? Soupçonner quelqu'un qui n'a encore rien fait... Ce n'est qu'un pressentiment,

mais il altère ma capacité de décision, je n'y peux rien, je reste humain... tout comme lui.

16/6/7

Arrivé à la base de Washington je remarque que beaucoup de choses ont changé. Les survivants ont désormais tous en uniforme militaire et disposent d'un grade. Il y a désormais des gardes humains à l'entrée de la base.

De nouveaux centres industriels construits en périphérie de la base de Washington. De nouvelles machines de guerre sont en voie de développement grâce au travail des nouveaux techniciens venant des anciens refuges de survivants.

Trois a raison, soit on souffre soit on se prépare à la guerre, c'est dans notre nature, c'est inévitable. Je vais jusqu'au bureau de VanCleef, là j'ai un choc, son bureau est la copie conforme du bureau ovale de la maison blanche d'avant la dernière guerre mondiale.

Cette fois-ci le message ne peut pas laisser place à une autre interprétation, VanCleef veut recréer le passé, jusque dans les détails...

'Ah, Adam Rudolph, entrez donc. Je tiens tout d'abord à vous féliciter pour votre forteresse en Alaska. Elle fait un carnage dans les rangs Russes. Le cours de la guerre a été modifié grâce à vous, je ne peux que réitérer mes félicitations pour ces exploits techniques.

Et dire qu'avant de te… de vous connaître nous étions sur le point de sombrer dans le désespoir et le défaitisme. Mes félicitations pour avoir changé la situation aussi radicalement, la victoire est à nouveau possible grâce à cela.'
'Ce n'était pas mon but, tout ce que je veux c'est qu'on soit enfin en sécurité.'
'Mais c'est ce qu'on sera une fois la guerre gagnée.'
'Non, d'autres commenceront, et encore d'autres… ça ne finira jamais , pas avec des gens comme toi.'
VanCleef me fixe d'un regard sombre.
'Alors il en sera ainsi. Tant qu'on nous attaquera nous nous défendrons.'
'Ce discours a bien trop souvent été repris comme excuse par d'innombrables politiciens bellicistes pour que je puisse encore te croire.'
Un sourire faux se dessine sur le visage de VanCleef.
'Dis donc tu n'as pas du tout l'air d'être de bonne humeur Adam, qu'est-ce qui ne va pas ?'
'J'ai un mauvais pressentiment, je crois que tu es devenu la copie conforme de Mac Machin.'
'Mac Culligam !'
'Je m'en fous et tu le sais, ce type n'était qu'un cinglé, il fait partie de la catégorie de cinglés qui ont mené ce monde à sa ruine.'
'Nous avons déjà parlé de ça autrefois. Tu sais déjà comment la discussion finit, nous n'avions pas le choix. C'était ça ou se soumettre à ces régimes totalitaires.'

J'observe VanCleef d'un air désabusé.

'Et toi tu es devenu quoi alors ? Tous les gens que j'ai croisés dans la base sont devenus des militaires qui t'obéissent au doigt et à l'œil.'

'Je fais ce qui est nécessaire pour notre survie Adam.'

'Non, notre survie n'implique pas de faire de nous tous des militaires t'obéissant aveuglément.'

'Oh que si. Nous sommes en guerre, tu te le rappelles ? Et pas qu'une simple guerre pour le pouvoir, non, une guerre pour notre survie. C'est bien plus important et justifié que quelque autre guerre que ce soit.'

'Dis-moi VanCleef, est-ce que c'est la dernière chose à laquelle tu te raccroches pour ne pas faire face à ta démence ? Ou bien c'est l'argument que tu utilises comme excuse pour continuer cette folie ?'

Van Cleef marche sur moi avec son corps massif. J'essaye de m'écarter de sa route mais il continue de marcher en ma direction jusqu'à ce que son visage ne se trouve qu'à une dizaine de centimètres du mien.

'Fais attention à ce que tu dis Adam, nous sommes amis pour l'instant mais ça pourrait changer… radicalement.'

J'ai un court instant d'hésitation quant à me rebeller ou pas, mais finalement je prends la décision la plus sage vu le rapport des forces immédiat.

'Soit, je retire ce que j'ai dit. Parlons de choses plus intéressantes plutôt. Pourquoi voulais-tu que je vienne ?'

Malgré cette soumission immédiate de ma part je peux lire dans le visage de VanCleef qu'il a compris que ce différent de taille n'est pas prêt à être mis de côté aussi aisément.

Probablement qu'il cherche toujours un moyen d'utiliser mes clones afin de créer son empire ce qui explique que je m'en sorte à si bon compte.

'Il faut ériger des bases de secours et des forteresses, il nous faut des armées plus modernes. Je suis convaincu que les Russes en font de même de leur côté maintenant qu'on s'est remis du début de la guerre. Notre survie dépend de ça !'

'Nous pourrions négocier la paix.'

'Après qu'ils aient causé la destruction de notre monde ? Jamais !'

J'observe VanCleef, je ne vois pas que lui, je vois les milliers… les milliards d'hommes qui ont été confronté à ce choix avant lui.

Trois a raison, souffrir ou faire souffrir, c'est dans notre nature la plus profonde, c'est inévitablement lié à notre histoire, à notre nature animale.

Seuls les animaux qui souffrent évoluent, les autres finissent par dégénérer faute de sélection naturelle… jusqu'à un coup dur dont ils ne se remettent pas.

'Tu n'as jamais essayé de les contacter ?'

'Oui, une fois, mais ils ont refusé de me parler.'

'Vingt a essayé, il s'est crevé à apprendre le Russe durant une année, il parle assez mal mais bon, comme moi c'est un génie. Il balbutie suffisamment bien cette langue que pouvoir communiquer avec un dictionnaire à côté de lui. Et il a essayé de les contacter.'

'Quoiqu'ils aient dit ils ont mentis.'

'Ils n'ont pas menti. Ils n'ont simplement pas pu parler vu qu'ils sont tous morts. Aucune radio n'émet encore sur tout le territoire Russe à l'exception des réseaux de communication entre les armées de machines.

Vous n'êtes vraiment pas allés de main morte lors du début de la guerre, plus une seule forme de vie ne sait survivre dans cet enfer sans être complètement irradiée. Ils sont tous morts VanCleef, plus rien n'est vivant en Russie, plus la moindre plante. Il n'y a plus que d'innombrables usines de guerre qui continuent à fabriquer des armées comme partout ailleurs les envoient semer la mort aux quatre horizons. Seul l'acier a pu survivre au froid et à la radioactivité.'

'Justement, c'est pour ça qu'on a besoin de nouvelles armes, pour vaincre ces armées que plus personne ne peut encore contrôler, si elles gagnent nous sommes foutus.'

'Elles ne font que suivre des trajets programmés dès leur fabrication, il suffit de s'enterrer comme je le fais depuis le début et il n'y a aucun problème. Pourquoi risques-tu encore la vie de tant de survivants pour une guerre qui n'a plus lieu ?'

'Leurs armées nous attaquent toujours.'

'Les éviter ne pose pas de problème.'

'Et nous soumettre à eux ? Jamais !'

'Francis… ils sont tous morts, il est impossible d'être soumis par des morts…'

VanCleef et moi nous observons mutuellement longuement dans un silence de plomb. Après quelques minutes il recommence à parler comme si rien ne s'était passé.

'D'autres nations ont survécu, ne me dit pas qu'elles ne sont pas un danger. Du temps qu'elles ne sont pas vaincues elles pourront toujours nous nuire. La guerre finira lorsque nos derniers ennemis seront éliminés.'

J'ai envie de le contester, de contester sa politique belliciste, mais je sais qu'il n'y a qu'un pas avant qu'il ne me considère comme un ennemi à mon tour. Par conséquent je tais mon opinion, une fois de plus. Je suis peut-être un lâche, mais les derniers héros sont morts depuis bien longtemps et pas sans raison.

'Compris, je vais mettre mes clones au travail. Toi tu nous informes quant aux endroits où construire les bases et forteresses.'

'Parfait, je pensais bien que tu comprendrais.'

Lorsque je sors de son bureau je suis certain de deux choses. MacCulligam n'était qu'un abruti doctrinaire mais VanCleef est un fou belliciste avec les moyens d'arriver à ses fins, par ma faute.

Je comprends aussi pourquoi il a permis à tous les survivants de venir, pas uniquement pour les contrôler, mais aussi parce qu'il se doute que j'ai plus d'un tour dans mon sac. Il compte sur mon humanisme pour que je ne détruise pas cette base par un moyen ou un autre, trop d'innocents s'y trouvent. La question n'est plus s'il va tenter de nous exterminer, mais quand.

27/6/7

Une fois rentré chez moi j'ai expliqué la situation aux autres, tous sont inquiets. VanCleef a un pouvoir réel, des innombrables armées mais aussi il n'a plus besoin de nous pour survivre. Trois prend la parole.
'On le fait sauter, on fait péter sa base immédiatement ! Il n'y a plus le moindre risque à prendre le temps joue contre nous. Ses armées sont peut-être déjà en route vers cette base.'
'Et les autres survivants ? Tu y as pensé ?'
'Ils ont choisi son camp.'
'Tu crois qu'ils ont le choix ? C'est ça ou manquer de carburant, de nourriture, de sécurité. En plus ne pas choisir son camp c'est se mettre en conflit ouvert avec lui. Et se mettre en conflit ouvert avec le seigneur de guerre le plus puissant du continent n'est pas une chose très saine.'
'Et dire qu'on lui a sauvé la peau plusieurs fois…'
'Ça n'a plus aucune importance, on est en danger il peut nous attaquer n'importe quand sans la moindre hésitation ni coup de semonce

alors que nous ne pouvons pas l'attaquer sous peine d'exterminer des innocents.'

'On est foutus autant le dire…'

'On doit d'abord penser à notre survie, on doit donc les exterminer, tous, sans hésiter… ou on peut partir.'

'Partir pour aller où ? Ces armées de machines se trouvent partout, si on ne se fait pas exterminer par les Légions d'Acier on trouvera juste un autre cinglé totalitaire là où on ira.
Si VanCleef envoie ses légions pour nous exterminer ce seront d'autres qui s'en chargeront. Il a aussi des ingénieurs tu te rappelles ? Il est futé et dispose de gens bien plus malins que des simples machines de guerre, il finira bien par nous trouver, qu'on soit un kilomètre ou cent sous la surface de la terre.'

'Je ne parlais pas de fuir ailleurs sur ou dans cette planète.'

'Comment ça ?'

'Il ne pourra pas nous suivre dans l'espace. Ses ingénieurs ne sont pas assez compétents que pour pouvoir lancer des armées à nos trousses là-bas.
On sera en sécurité sur Mars, par exemple, en plus on pourra à nouveau voir le soleil.
Et même si c'est faux, regarde comment on vit… c'est comme si nous vivions déjà sur une autre planète naturellement hostile à toute forme de vie, les bons côtés en moins.
Les conditions climatiques extrêmes sont déjà là, mais en plus des armées de machines et

humains cinglés nous rendent la vie dure. Sans tenir compte du fait que je préfère les paysages de déserts infinis que les paysages de villes et de campagnes ravagées et congelées.'

'Ce n'est pas bête ce que tu dis, mais ce projet prendra du temps... beaucoup de temps et beaucoup de moyens. Comment comptes-tu le leurrer suffisamment longtemps pour qu'on puisse s'enfuir ?'

'Je crois connaître un moyen.'

Tout le monde se retourne, c'est une Ève qui vient de parler.

'T'es qui toi ?'

'Ève Sept, je peux exprimer mon idée ?'

'Bien sûr, vas-y, nous attendons que ça.'

Ève Sept est mal à l'aise, c'est la première fois qu'elle parle en public.

Les tics qu'elle a et sa timidité sont incroyablement mignons à voir. Je suis certain que tous les Adams sont en train de craquer pour elle, comment le leur reprocher ? Moi aussi.

'Les autres bases qu'il veut que l'on crée pourrait nous servir. Dans les premières bases nous créeront un surplus de robots collecteurs à son insu. Ensuite de chantier en chantier nous aurons collecté suffisamment de ressources que pour faire une fusée ou quoi que ce soit qu'on ait besoin pour partir. Alors nous pourrons partir, le chantier de la fusée se fera dans la dernière forteresse que l'on fabriquera.

Il ne se doutera de rien jusqu'au moment du décollage. Au pire s'il nous envoie des fusées on devra fabriquer des contre-mesures autour de la forteresse. Ça peut être compris dans les plans non ?'

'Oui bien sûr, on doit pouvoir le faire.'

Trois a le souffle coupé. Il n'aurait jamais cru pouvoir entendre quelque chose d'intelligent d'un être aussi mignon et surtout de quelqu'un qui n'est pas un Adam. Après tout, jusqu'ici les seuls êtres vraiment intelligents qu'il a rencontrés sont des hommes, des Adams en plus particulier. Le fait que les seuls qu'il a rencontrés jusque-là que des hommes ou des Èves trop jeunes pour vraiment être efficaces n'ont évidemment rien à voir.

17/7/7

Nous avons enfin reçu les coordonnées de différentes forteresses et bases que l'on doit bâtir pour VanCleef et ses ambitions. On en a pour des années de travail, tant mieux, VanCleef ne verra rien venir.

Je commence aussi à m'inquiéter du sort de Lucy.

Les fois que je suis invité ou passe par la base de Washington je ne l'y trouve jamais et ce n'est pas faute de ne pas la chercher pourtant.

Durant une de ces visites à la base j'ai été invité dans un conseil. Diverses personnes bien habillées s'y trouvent, VanCleef m'accueille en personne tout en me les présentant.

' ... et voici Khan, il est ingénieur, comme vous. J'aimerais bien qu'il vous épaule dans les constructions de forteresses. Vous pourrez aussi l'enseigner la façon de contrôler vos clones.'

'Mais je ne les contrôle pas, si je suis ici c'est en représentant de notre communauté.'

'Allons, ne soyez pas aussi humble, ils ne bougent pas le petit doigt sans votre assentiment. Ils sont incroyablement disciplinés.'

'Lors de l'exécution des opérations oui, mais lorsqu'on doit décider c'est tous ensemble.'

'Vous devriez plus les contrôler, ce n'est pas ainsi que nous gagnerons la guerre.'

Je me retourne, rouge de colère, vers celui qui a osé dire ça, c'est Marcus, le second de VanCleef. J'ai déjà entendu parler de cet homme par d'autres survivants. Pour résumer ce type me rappelle les chiens qui suivent leur maître partout. Comme Hitler avait Himmler VanCleef a Marcus.

'Mais va te faire voir Marcus !'

Alors que je m'avance vers Marcus VanCleef s'interpose entre moi et ce dernier.

'Allons messieurs, nous ne sommes pas ici pour nous disputer, nous sommes ici pour créer un monde meilleur. Ce n'est pas en nous chamaillant comme des enfants que nous allons obtenir le moindre résultat.'

Je fixe Marcus dans le blanc des yeux, je le connais en personne depuis seulement cinq minutes et je veux déjà le tuer, pas mal... un nouveau record. Mais soit, je prends un siège et assiste à la réunion. Les sujets de discussion ne sont pas très passionnants. Il s'agit principalement de discussions pour savoir où établir les prochaines colonies et forteresses de la manière la plus efficace possible ainsi que de s'accorder sur une politique continentale commune.

Une fois la réunion terminée je sors de la salle de réunion VanCleef me rattrape, visiblement irrité par mon comportement.

'Adam, c'est quoi cette crise de nerfs ? D'une part tu me reproches d'agir comme un tyran et quand je te présente des gars qui veulent faire plus que leur part du travail tu es sur le point de les agresser. Qu'est-ce que tu veux à la fin ?'

'Qu'est-ce que toi tu veux ? Qu'est-ce que Marcus veut ? Comment le savoir ? On ne connaît que les faits, le reste n'est que paroles en l'air, manipulations, instinct peu fiable et prédictions hasardeuses. Tu connais ce type depuis combien de temps VanCleef ?'

'C'était notre correspondant-radio avec la base du Texas avant d'être secrétaire principal de ce nouveau gouvernement. Il a déjà fait ses preuves en tant que meneur là-bas.'

'Écoute-moi bien Francis, si tu veux vraiment protéger les restes de notre démocratie contre des cinglés totalitaires, tu accepterais un type comme lui ? La première chose qu'il me dit est que mes clones ne sont que des esclaves bons qu'à remplir des tâches avant de crever misérablement.'

'Tu les as fait pour quoi alors ?'

Je regarde VanCleef d'un air incrédule.

'Mais pour survivre Francis, c'est moi, chacun d'entre eux c'est moi.

Adam et Ève Rudolph, ce n'est pas que moi, c'est chacun d'entre eux aussi.'

'T'as toujours été aussi fou ?'

'Mais réfléchis, nous avons le même code génétique, même façon de penser, nous partageons toutes les informations dont nous disposons.

Nos différences sont aussi grandes que si j'avais fait un autre choix dans mon passé. Ce sont simplement d'autres versions de moi mais ça n'en reste pas moins moi Francis.'

VanCleef me regarde d'un air inquiet.

'Adam... est-ce que je peux compter sur... toi ?'

'Oui, ça tu le peux, je t'ai déjà sauvé la vie plusieurs fois par le passé, si j'avais préféré me débarrasser de toi je l'aurais déjà fait depuis longtemps non ?'

'J'espère que tu ne me mens pas Adam, dans tous les cas Johnson vient avec toi, Marcus aussi d'ailleurs.'

'J'ai détesté Marcus à mort en moins de cinq minutes, tu donnes combien de temps à mes clones pour qu'ils essayent de le tuer ? Trois ? Quatre jours peut-être s'ils sont de bonne humeur ? Quant à Johnson ça ne finira probablement pas mieux Francis.

On avait déjà du mal à t'accepter parmi nous, tu crois vraiment que ces deux … gens seront acceptés sur nos chantiers ?

Tu crois vraiment qu'un seul de mes clones acceptera un de ces types dans nos labos ? Ils finiront dissous dans une cuve d'acide ou congelés vifs dans un frigidaire si pas pire Francis. Si tu détestes Marcus et Johnson autant que je déteste Marcus alors oui, je te conseille de me les envoyer. Mais je te rappelle que je suis le seul des Adam qui a eu une éducation humaniste, je suis le seul auquel le meurtre répugne.'

VanCleef reste silencieux durant plusieurs minutes, son regard est partagé entre la haine, la peur et le défi.

'Je veux des rapports mensuels sur tout ce qui se passe sur les chantiers c'est bien compris ?'

'Ça ira, tu pourras compter sur moi.'

'Je ne m'attendais pas à moins de ta part.'

C'est incroyable, à chaque visite cette base j'en déteste un peu plus les habitants. Nous devons vraiment quitter cette foutue planète avant que je ne craque.

Cinq secondes de folie suffiraient pour que j'appuie sur un petit bouton rouge mettant fin à la vie de tous ces gens.

28/7/7

Les chantiers ont commencé. C'est la dernière fois qu'on va utiliser les cuves dans les salles de clonage.

Après cette cuvée on changera ces salles en usines pour des robots collecteurs de matières premières. La dernière génération d'Adam et d'Èves Rudolph sur Terre… ensuite soit nous mourrons, soit ce sera sur Mars que notre existence se prolongera.

Nous avons décidé de fabriquer quatre-vingts clones durant cette cuvée, quarante Èves et quarante Adams.

Nous avons fini par laisser tomber le projet d'incorporer la force de VanCleef à mon patrimoine génétique. Cela nécessiterait un apport calorifique supplémentaire lors du développement des organismes alors que cette force ne nous sera pas indispensable par la suite. D'autre part certains pensent que son comportement autoritaire pourrait être dû à un surplus de testostérone.

Ce clonage massif nous servira aussi d'excuse afin de faire croire à VanCleef que nous avons besoin de plus de temps pour nos chantiers. Le prochain projet est au nord du Mexique. On ne sait pas d'où précisément mais des armées ennemies remontent par-là vers notre continent. Sont-ce des Russes ? Autre chose ? On l'ignore, mais des ennemis remontent vers l'Amérique du nord en passant par le Mexique.

Le chantier a déjà commencé, nous avons fait une petite base pas loin de là depuis laquelle dix d'entre nous en vérifient le bon déroulement. Moi-même je suis de garde avec l'équipe. C'est alors que ça commence…

Les bombardements rasent d'abord le chantier. Les premières fortifications érigées sur le chantier sont anéanties et les drones constructeurs sont soufflés aux quatre vents par les explosions. Plusieurs Adams, surpris par l'attaque, sont déchiquetés par les explosions. Leurs restes brûlants sont congelés en plein vol avant de tomber tels des cristaux de glace sur le sol gelé. Zéro sort de son poste de contrôle en panique. Il observe une armée provenir du sud. Cette attaque a été effectuée par des avion de chasse et bombardiers.

La situation est on ne peut plus claire, il faut immédiatement évacuer les lieux avant que le cœur de l'armée n'arrive sur leur position. Zéro se jette sur un véhicule et le démarre, il voit trois venir depuis derrière un coin à vingt mètres de lui.

'Cours ! T'attends quoi ?!'

Trois boite d'une jambe tout en se pressant, arrivé au véhicule Zéro et un autre Adam l'arrachent dans le véhicule et partent à toute vitesse. Trois hurle, à la fois de douleur et pour se faire entendre sous les bombardements, à Zéro.

'Je m'suis pris un éclat ! Putain il a foutu quoi VanCleef ?! Il avait dit que le terrain était sécurisé !'

Je fixe Trois dans les yeux, la terreur dans le regard de Trois trahit le même pressentiment.
'Appelle notre base, dis leur d'être sur leurs gardes. Il a peut-être décidé de se débarrasser de nous tous. Dis leur de ne pousser sur le bouton rouge que si nous sommes certains qu'il attaque notre base !'
J'accélère davantage avec mon véhicule, choisissant non les restes d'autoroute mais une route vers les montagnes.
Pas trop loin devant nous se trouve un second véhicule d'Adams ayant réussi à s'échapper du charnier.
Trois se retourne vers moi tout en hurlant pour que sa voix passe au-dessus des bruits d'explosions et de tirs.
'Ils ne sont pas joignables ! '
'Appelle Van Cleef ! Je veux savoir où sont les troupes qui étaient censées arrêter ces armées ! Prends les commandes, je lui parle !'
Nous changeons de postes en une fraction de seconde, Trois se jetant sur le poste de pilotage comme si sa vie en dépendait... pas que comme en fait.
'Van Cleef ! C'est Adam Zéro, je veux parler à Van Cleef ! Je suis très pressé !'
Après quelques minutes Van Cleef est à la radio, il parle d'une voix décontractée, presque nonchalante.
'Oui Adam ? Quelque chose ne va pas ?'
'Et comment que ça ne va pas ! Une armée d'Amérique du Sud vient de nous attaquer sans

que la moindre de tes armées ne leur ait barré le passage!

Trois s'est pris un éclat j'crois qu'un type de l'autre véhicule est mort ! Et si ça continue on va tous être morts ! Elles sont où tes foutues armées de protection Van Cleef ?!'

'Elles ne sont jamais venues Adam.'

Un silence glacial s'ensuit alors que je sens un terrible frisson descendre le long de ma colonne vertébrale.

'Comment ça ?'

'À force de te prendre pour un génie tu as oublié que je ne suis pas un abruti.

Mes ingénieurs ont trouvé les explosifs que tu avais dissimulé dans l'infrastructure de notre base.

Tu croyais que ce serait aussi facile que ça ? Te débarrasser de moi une fois que je ne t'étais plus utile ? C'était quoi ton plan ensuite ? Développer ta propre petite armée dernier cri puis me liquider une fois que tu pouvais t'assurer le contrôle du continent ?'

'Mais t'es cinglé ma parole ! Tu sais bien que j'ai très bien vécu sans ça avant. Pourquoi je voudrais ça maintenant ?'

Zéro sursaute, le véhicule devant lui vient d'exploser, Trois l'évite de justesse.

'Parce que maintenant tu en as les moyens ! Voilà pourquoi ! Sinon donnes moi une seule raison crédible pour laquelle tu aurais posé ces explosifs ?!'

'J'avais peur que tu ne deviennes un Mac Machin bis.'

'Mac Culligam ! C'est Mac Culligam bordel, ce type était comme un père pour moi ! Je n'étais rien en entrant à l'armée et c'est lui qui m'a éduqué ! D'une pauvre merde il a fait de moi un militaire de premier ordre ! Alors je t'emmerde Adam ! Tu m'as bien compris ?! Je t'emmerde ! Tu vas crever comme tu le mérites lorsque cette armée te rattrapera !

Il m'a suffi de te faire croire que tu étais en sécurité et d'installer des brouilleurs autour de ta base pour te tuer sans que tes clones ne soient au courant ! Alors le génie ! On n'avait pas pensé à ça?!'

'Le pouvoir t'a rendu fou Van Cleef.'

C'est la fin de la transmission...

28/7/7

Adam Cinq finit de donner une session de kinésithérapie à un des nouveau-nés lorsqu'Ève Sept entre dans la pièce. Elle attend calmement près de l'entrée qu'il finit son travail pour s'adresser à lui. Lorsque le dernier nouveau-né s'en est allé elle s'approche de Cinq.

'C'est drôle, il y a à peine quelques mois j'étais là, à sa place.'

'Vraiment ? Qui s'est occupé de toi ?'

'C'était Adam Huit je crois.'

Cinq observe les yeux azurés de Sept. Franchement, elle est magnifique, pas étonnant que Zéro ait décidé de prendre Lucy comme modèle de base pour les clones féminins.

En plus tous les Adams sont basés sur le même modèle génétique et social par conséquent. Pas étonnant qu'ils craquent pour les Ève comme Adam Zéro l'a fait pour Lucy, Ève Zéro.

'Pourquoi es-tu ici Sept ?'

'Adam Vingt m'a demandé de te transmettre un message.'

'Lequel ?'

'Zéro aurait dû nous contacter il y a déjà plusieurs heures pour nous dire que tout va bien. Il n'oublie jamais… tu sais combien il tient aux procédures de sécurité depuis l'accident d'Un. Vingt craint que quelque chose soit arrivé à Zéro. Vingt voudrait donc que tu mettes une équipe de secours sur pieds. Tu es l'aventurier de ta cuvée après tout…'

Cinq sourit, pas que la nouvelle le fait sourire. C'est Sept qui le fait sourire, il ignore pourquoi en plus.

'D'accord, je vais mettre une équipe sur pied.'

Alors même que Cinq a envie de s'attarder il doit s'en aller afin de chercher ceux dont il a besoin pour mener cette expédition à bien. Il va d'abord chez le plus apte à réagir correctement dans toutes les situations les plus tordues qu'on puisse imaginer… Un.

Alors qu'il essaye d'entrer il remarque que la porte est fermée à clé. Lorsqu'il toque à la porte Un réagit violemment.

'N'entre pas, je n'ai pas ma muselière !'

Cinq est perturbé, c'est la première fois qu'il a entendu Un dire quelque chose d'intelligible.

'Mais… tu sais parler ?'

'Bien sûr je sais parler, tu crois que parce que je suis un zombie je ne sais pas parler ? C'est ma muselière qui m'empêche d'articuler correctement, on n'a jamais pris le temps de m'en faire une bonne. T'es venu pourquoi Cinq ?'

'Quelque chose est arrivé à Zéro, faut aller voir ce qui s'est passé, il n'est peut-être pas mort.'

'Oui, une chance sur mille si quelque chose lui est arrivé.'

'Ne pas mourir est son plus grand talent, je crois qu'il a une chance de survie plus élevée que ça.'

'Peut-être, c'est quoi le reste de l'équipe qui sera envoyée pour partir à son secours?'

'Deux, Quatre et Ève Sept aussi.'

'Ève Sept ? T'es certain de ce que tu dis ?'

'Tu la connais, elle est rusée et loin d'être bête, elle pourra nous être utile.'

'Bon d'accord, on part quand ?'

'Dans deux heures, le temps de prévenir les autres et de charger la nourriture et les premiers soins ainsi que quelques armes au cas où...'

'Compris.'

Alors que Cinq se prépare à partir Un le rappelle.

'Eh Cinq...'

'Quoi ?'

'Mieux vaut partir plus tôt, crois-moi. Car si d'une part chaque instant compte pour Zéro et les autres. Van Cleef va envoyer une expédition d'ici peu. Officiellement pour prouver qu'il tient à nos vies, officieusement pour finir le travail si ça a été mal fait.'

'Va remplir les cargaisons au bloc, je vais chercher les autres.'

Une heure plus tard les drones de l'équipe de secours quittent la base en direction des dernières coordonnées connues pour Zéro et son équipe.

29/7/7

La scène lors de leur arrivée sur les restes du chantier est sans appel, une armée ennemie est passée dans le coin.

Quelques robots collecteurs miraculés essayent désespérément de remplir leurs tâches habituelles. Excepté cela plus rien n'est actif sur et dans les environs du chantier en ruine.

Deux observe Cinq d'un air moqueur.

'Alors Cinq ? Tu proposes quoi ?'

'Deux véhicules de l'équipe sont parvenus à partir. Ils ont donc peut-être pu se mettre à l'abri. On trouve ces traces et on les suit.'

'À la bonne heure ! J'avoue que je les avais déjà repérées, on va vers le nord-est.'

Ils suivent la piste, à vitesse modérée, durant une dizaine de minutes.

Deux quant à lui ne peut s'empêcher de commenter les traces.

'Vous savez j'ai étudié les diverses armes des armées de machines de cette guerre. Il s'agit de chasseurs Colombiens. Ce pays est entré en guerre contre les États-Unis quinze minutes avant sa propre destruction totale.

C'est gag non ? Ce sont des avions de chasse qui ont fait ces cratères.

Quoi qui se trouve au bout de cette piste il y aura des carcasses de véhicules. J'espère qu'ils auront sauté du véhicule à temps. Ces avions n'ont pas de détecteurs de chaleur suffisamment sensibles que pour repérer des humains dans ce froid. Ils sont spécialisés pour la traque de véhicules, pas d'individus.

Donc s'ils ont sauté à temps et que leur combinaison n'a pas été abîmée on a une petite chance de les retrouver en vie. Dans le cas contraire on aura droit à des statues de gel, complètes ou en morceaux. Ça dépendra de ce qui les aura tués en premier, les avions ou le climat ?'

Après cette conclusion Deux éclate de rire comme s'il a raconté une bonne blague Cinq ne réponde de manière platonique, habitué à ce comportement de Deux.

'Arrête de faire comme si tu t'en foutais Deux. Nous savons bien que c'est une façon d'évacuer ton stress mais la situation est déjà assez désagréable comme ça.'

'Fallait bien qu'il meure un jour non ? J'avoue, j'aimerais bien revoir cet enfoiré complexé en vie.'

Après quelques minutes de recherche l'équipe s'arrête devant la première carcasse de véhicule. L'équipe sort de son véhicule afin de la vérifier la carcasse en détail.

Tout a été carbonisé dans le véhicule. Un peu plus loin il y a un clone qui s'est trainé sur trois mètres avant de geler... sa combinaison avait été déchirée par un éclat d'un des missiles des avions.

Les Adams peuvent encore voir son rictus de douleur derrière son masque brisé, gelé pour l'éternité.

Ils observent la montagne aux alentours, pour voir s'il y a une quelconque information qui serait utilisable. Mais sauf de la désolation, le gel et l'obscurité ils ne constatent rien.

'Il n'y a plus rien à faire ici. Allons voir si un miracle s'est produit pour le deuxième véhicule.'

Ève ne peut s'empêcher de s'inquiéter.

'Mais l'armée ennemie qui a fait ça ? Où est-elle ?'

'Selon nos drones d'observations elle a été détruit cent kilomètres plus au nord par une armée de Van Cleef. Ces armées devaient se trouver ici, il savait exactement ce qu'il faisait, il a délibérément tenté de tuer Zéro.'

'L'enfoiré !'

'Calme toi Cinq, si ce cinglé a essayé de tuer Zéro avec un minimum de ses clones c'est qu'il a encore besoin de nous. La situation est loin d'être perdue, bien au contraire.'

'Mais j'ai envie de le buter cet enfoiré ! Il a refroidi Zéro !'

Un donne une claque sur le casque de Cinq.

'Qu'est-ce qui t'a pris ?'

Un ne répond pas, quant à Deux il s'adresse à Cinq.

'Zéro a toujours survécu et ce à n'importe quel prix alors que Van Cleef ne s'en est sorti que grâce à Zéro.'

'Justement ! Raison de plus pour refroidir cet enfoiré !'

'Tu penses comme Van Cleef, le refroidir comme tu dis est une idée plutôt agréable. Je dirais même que l'idée me plait à moi aussi. Mais si on entre en guerre contre lui maintenant c'est nous qui allons être refroidis.

On va faire les gentils petits abrutis qui n'ont pas compris ce qui s'est passé jusqu'à ce qu'on ait le moyen de nous enfuir et peut-être même de le faire payer pour tout ça si on en a l'occasion. Mais d'ici là n'oublie pas notre priorité numéro un, survivre. Quel qu'en soit le prix on survivra, c'est l'unique point non négociable.'

Ils observent les environs quelques instants de plus en quête de survivants potentiels puis ils s'en vont dans leur véhicule pour retrouver les restes du second drone de transport.

Une fois arrivés sur place ils trouvent une deuxième carcasse calcinée avec des traces quittant les restes du drone.

Ces traces mènent vers une plaque d'acier non loin de là ils retrouvent Zéro. Il a le cadavre congelé de Trois dans ses bras, il s'est pris un éclat dans la jambe et le gel est entré dans son corps par là.

S'il n'a pas été tué par le gel avant il aurait été tué par l'hémorragie, le pauvre… Après qu'ils aient emmené Zéro et mis un paquet de viande servant en temps normal comme nourriture à Un dans un uniforme ils font exploser l'intérieur du véhicule avec le tas de viande et leurs compagnons d'infortune dedans. En apparence, le nombre de cadavres n'a pas changé, l'équipe de secours de Van Cleef ne se doutera de rien. Quant à l'état des cadavres ils sont suffisamment détruits pour qu'on ne fasse pas la différence entre le paquet de viande et les cadavres normaux. Même l'analyse génétique identifierait Adam dans ce paquet de viande.

Cette viande est du déchet du clonage des Adams après tout.

'Il ne reste plus que les quelques rares traces de leur passage, mais l'équipe de secours de Van Cleef le prendra sans doute pour des unités de l'armée ennemie ayant été envoyée ici pour finir le boulot. Ils n'ont donc aucune preuve du passage de leur équipe de secours dans le coin avant les hommes de Van Cleef.'

Une fois s'être assurés de n'avoir laissé aucune preuve irréfutable de leur passage sur le terrain les clones retournent dans leur véhicule avec

Zéro inconscient et s'en vont à nouveau vers leur base.

Ève Sept observe Zéro d'un air inquiet.

'Il a survécu à quelques emmerdes mais ça... il lui faudra des mois pour récupérer. J'ignore comment il est encore vivant et si on le traite pas de toute urgence ce miracle ne durera pas.'

Pendant le retour en drone vers la base d'Adams Zéro ouvre les yeux et sourit doucement lorsqu'il voit le visage d'Ève Sept.

'Lucy ? Suis-je mort ?'

Ève et les Adams rient doucement puis Ève répond.

'Ce serait un manque de savoir-vivre par les temps qui courent. T'es un vrai rat Zéro, ça je dois te l'avouer, tous les autres sont morts, tu as eu de la chance... et en plus tu as eu le bon réflexe. Quitter la trajectoire de l'armée ennemie avec les véhicules était la meilleure solution pour s'en sortir.'

'C'est Van Cleef qui est derrière tout ça.'

'On le sait, il a détruit l'armée Colombienne cent kilomètres plus loin sans trop de difficultés.'

'Il sait que vous êtes ici ?'

'S'il le savait on ne serait plus en vie je crois.'

'Tu marques un point Deux, on rentre maintenant ?'

'Oui, tu vas te remettre de tout ça. Le bon côté des choses est que cet abruti ne sait pas faire la différence entre tous les Adams donc il ne te reconnaîtra pas. Et où peut-on mieux cacher un livre que dans une bibliothèque ? En plus si tous les livres sont semblables…'

'Il sait pour les explosifs.'

'Pardon?'

'Il sait qu'on avait caché des explosifs dans sa base, il les a neutralisés. Il vous gardera ça secret le plus longtemps possible pour que vous finissiez ses forteresses. Ensuite il nous éliminera, j'en suis sûr.'

'Moi ça me va, de tout de façon nous disparaitrons de cette planète avant la finition de la dernière forteresse.'

'Alors on continue ?'

'On a un autre choix ?'

'Non.'

'Alors on continue.'

8/8/7

Deux a raison, notre priorité est de survivre. Néanmoins une vengeance est un luxe auquel je ne dis pas non.

Van Cleef a tué plusieurs de mes clones y compris Trois. Trois était peut-être une grande gueule, mais c'était mon ami en plus d'être une autre version de moi. Je ne sais pas encore ce que je vais faire pour me venger mais cet enfoiré va payer le prix cher pour avoir réussi à me buter neuf fois et surtout regretter de m'avoir raté la dixième fois.

Chacun de mes clones sera vengé, même si le laisser vivre en ce monde me semble déjà une

bonne vengeance en soi je vais lui préparer un petit bonus pour pimenter son quotidien.'
Une fois de retour dans la base j'ai été placé sous soins intensifs. Vu la qualité des soins je devrais être sur pied d'ici deux à trois jours à peine.
Van Cleef a annoncé que depuis ma mort tragique il reprend le contrôle de la base.
Comme seule réponse les Ève et Adam ont élu Deux comme représentant.

La première action de Deux a été d'annoncer à Van Cleef que s'il envoie le moindre gouverneur pour gérer leur base ils l'enfermeraient avec Un... sans muselière.
Un s'est immédiatement empressé de confirmer cela avec une suite de grognements graves.
Un a beau avoir toute sa tête, il reste un zombie et une proie vivante, ça ne se refuse pas. Malgré cela, pour ménager Van Cleef, Deux a proposé de faire venir Marcus en tant qu'ambassadeur. Mais que chacun de ses déplacements sera contrôlé et qu'il n'aura pas accès à tous les étages.
Malgré que Van Cleef ait prévu que ce seraient nos conditions il a accepté avec une certaine réticence.
Il aurait aimé trouver un quelconque moyen d'affirmer un peu plus son autorité sur notre base et probablement aussi pour envoyer Marcus enquêter sur la façon dont nous avons perçu ma mort.

Il cherchera probablement beaucoup, comme une petite fouine. Mais il ne trouvera rien, ce genre d'endroit n'est pas très sain pour les nuisibles dans son genre.

Surtout avec beaucoup de versions de moi sachant qu'il est un des individus derrière le meurtre de plusieurs des nôtres.

En attendant la venue de ce rat je guéris à un bon rythme grâce à notre équipement médical. Les Adams responsables du département biologique ont trouvé un moyen très efficace. Au lieu de jeter les cuves de clonage trop anciennes ils les ont récupérés et en ont fait des cuves de guérison.

Je suis plus que satisfait par ce recyclage. En plus de raccourcir mon temps de guérison je peux observer le laboratoire de biologie autour de moi.

Pour le plaisir de l'œil j'ai été installé dans un local assez spécial, où nous entreposons nos créations biologiques les plus récentes, intéressantes ou dangereuses.

C'est assez original et très surprenant, les Adams biologistes ont l'air de vachement s'amuser. Dommage que nous ne puissions pas exploiter davantage leurs découvertes. Mais ni ce monde ni nos priorités ne se prêtent à exploiter le potentiel de ces créatures. Alors au lieu d'en faire quelque chose d'utile nous les gardons pour le plaisir de nos sens.

Des créatures tropicales de toutes formes et tailles fourmillent dans ce local, se déplacent même sur la surface extérieure de ma cuve de verre. Depuis quelques jours j'ai le plaisir d'observer quelques orchidées pousser juste dans mon champ de vision... enfin bon, c'étaient des orchidées à la base mais un des biologistes semble les avoir rendues carnivores. Leurs odeurs attirent les insectes et ses racines émettent un poison paralysant, dommage qu'ils aient fait de pareilles beautés des semeuses de mort.

Heureusement que toutes les données génétiques des créatures se trouvant dans cette pièce sont enregistrées, sinon ce serait un véritable gâchis de potentiel génétique.

Vu le nombre de prédateurs présents dans la pièce je suis sûr d'avoir assisté à la ré-extinction d'au moins une dizaine d'espèces jusqu'ici.

En parlant de ré-extinction, la licorne est morte, sa morphologie lui a été fatale, sa composition génétique n'a pas été pensée et testée jusqu'au bout ce qui explique pourquoi Six a réussi à fabriquer la licorne aussi rapidement d'ailleurs.

13/9/7

Je suis arraché à mon demi-sommeil lorsque le liquide de ma cuve de convalescence est vidangée.

Je vois Adam Quarante-Six déclencher les processus d'accouchement. Une fois sorti de la cuve je tousse alors qu'il sort les divers tubes de mes divers horrifices.

Une fois cette opération extrêmement gênante finie il s'adresse à moi d'une voix nonchalante alors qu'il jette un serpent qui avait grimpé dans sa poche sur une plante carnivore quelques mètres derrière lui.

'Bon bon, c'est fini les vacances il y a du boulot qui nous attend Zéro. Van Cleef enverra un de ses diplomates pour nous pourrir le quotidien.'

Je tousse quelques instants, essayant à nouveau de respirer normalement. Les insectes volant autour de nous s'intéressent à l'étrange activité de mon extraction de la cuve. Quarante-Six frappe divers insectes en plein vol, éteignant une ou deux espèces au passage, avant de s'intéresser à nouveau à mon sort.

Voyant que j'ai du mal à m'en sortir Quarante-Six me fait une injection d'adrénaline. Je finis par m'en sortir dans un hurlement à cause de la substance. Je me débats puis je cours un peu sur place avant de pouvoir me maîtriser à nouveau.

'Marcus ? Il envoie Marcus c'est ça ?'

'Il n'a nommé personne en particulier mais je parierais mon souper qu'il s'agit bel et bien de lui.'

Notre attention est détournée lorsqu'un moustique particulièrement grand se fait happer par une plante carnivore. Qui est donc l'esprit malsain qui a créé un moustique géant ?

'Faudra le supporter encore un certain temps alors.'

'Vous.'

'Nous ? Pas toi ?'

'Non, je compte rester dans les étages interdits à sa personne. Je sens que je vais commettre un meurtre au sinon.'

'Commettre ? Je dirais plutôt que ce serait un service à tous les Adams, vivants et morts.'

'Oui, tue un diplomate puis Van Cleef s'énervera. Et crois-en mon expérience, énerver le gars qui a le contrôle absolu sur les armées faisant trembler ce continent n'est pas une bonne idée.'

Je soupire.

'Oui... je sais...'

'Donc ce sera adieu jusqu'à ce qu'on soit débarrassés de ces étrangers.'

'Même pour un Adam tu n'es pas social.'

'Pas mon problème j'vais bien trouver un moyen de m'occuper. Si vous voulez le disséquer par contre prévenez-moi, je ne voudrais rater ça à aucun prix.'

Une fois que tout ceci a été dit Quarante-Six me lance des vêtements et s'en va vers les profondeurs de la base.

10/10/7

Marcus est venu, j'en ai les poils qui se redressent rien qu'à entendre ses pas dans ma demeure.
J'ai eu le plaisir de remarquer assez rapidement le même sentiment chez d'autres Adams.
Les petits accidents dont Marcus est victime sont assez fréquents, un café bouillant qui lui tombant dessus, un accroche pied bien placé...
Avec le temps Marcus a préféré rester dans la chambre qui lui est attribuée et nous libère ainsi de son insupportable présence tout en nous permettant une plus grande liberté de manœuvre pour notre petit projet d'évasion planétaire.
Comme quoi des fois on peut joindre l'utile à l'agréable.
Je ne t'écrirai plus si souvent, tu connais la chanson aussi bien que moi pour ce qui va suivre.
Des chantiers, on grappille des ressources, d'autres chantiers, on grappille encore des ressources et ainsi de suite.
En attendant moi, Un et Deux faisons les plans de la fusée, l'organisation des ressources dont nous aurons besoin. Une fois que c'est fait il ne restera plus qu'à finir le boulot.

Quatre quant à lui s'occupera des contremesures au cas où Van Cleef nous enverrait des missiles lorsqu'il se rendra compte de notre fuite.

PS : Je me demande vraiment où est passé Lucy.

18/10/7

Anecdote assez amusante aujourd'hui, alors que je suis occupé à faire une expérience dans l'accélérateur de particules Marcus a oser enfreindre les règles qu'on lui a imposées et est descendu dans les laboratoires.

Voyant cela mon sang ne fait qu'un tour. Je fonds sur Marcus et m'arrête à quelques centimètres de lui.

'Qu'est-ce que tu fous ici Marcus ?'

'Mon travail clone.'

'Justement trouduc, tu n'es pas autorisé à descendre à cet étage. Tu peux bien me dire en quoi c'est ton travail d'enfreindre les règles ?'

'Je n'ai pas à me justifier devant toi.'

Comme seule réponse je lui envoie mon poing dans sa gueule afin de bien m'assurer qu'il ait compris le règlement.

La violence ne résout rien selon certains, ce n'est pas tout à fait vrai ... et ça soulage tellement en plus.

Depuis ce jour il ne descend plus dans les étages qui lui sont interdits.

D'ailleurs, suite à cet incident, Deux a décidé d'installer un code dans l'ascenseur et ce afin de lui bloquer l'accès aux étages de la base qui lui sont prohibés.

Avec cette précaution supplémentaire nous sommes certains qu'il ne remarquera pas qu'on transforme tout l'étage de clonage en usine pour encore rapprocher le moment de notre départ de cette satanée planète.

PS : Je commence à me faire une idée quant à ma vengeance, Marcus n'y sera pas étranger d'ailleurs. Je le plaindrais même pour le rôle que je lui réserve si seulement il n'était pas aussi haïssable.

7/6/8

L'ambiance est bonne dans la cantine, jusqu'à ce que Marcus ne vienne.

Dans un silence plus glacial que la surface il prend ses condiments et s'assied en face de moi à table. Il se met à manger en silence, les Adams se remettent à leur vie quotidienne.

Une fois que le brouhaha couvre bien la voix de Marcus ce dernier s'adresse à moi.

'Je pense qu'on devrait mieux pouvoir vivre ensemble si nous voulons parvenir à un résultat constructif.'

'Un résultat constructif ?'

'Oui, unifier notre continent, assurer notre avenir. C'est l'unique moyen d'assurer notre avenir.'

'Ah je comprends mieux, nous ne vous servons que de main-d'œuvre.

On vous fait vos bases et ensuite quoi ? Nous ne sommes qu'une main-d'œuvre disposable pour vous.'

'Mais non...'

'Une dizaine d'Adams sont morts par votre... négligence...'

Mon regard haineux croise celui de Marcus. Ses traits cachent ce que la flamme dans ses yeux ne le peuvent pas... ni les miens.

'Le risque zéro n'existe pas...'

'Zéro... il est mort aussi lui.'

'Pas de chance.'

'C'était une putain d'armée. Il y avait des avions et de l'artillerie. Ils ont bombardé la zone !'

Le regard de Marcus se durcit soudainement, je pâlis.

Jamais l'équipe de Van Cleef ne nous a informés de cela et nous ne sommes pas censés savoir ça. Sans y rajouter quoi que ce soit je plante mon couteau dans la main de Marcus.

Ce dernier hurle alors que les autres Adams l'entourent en hurlant de finir le travail.

Je leur fais signe de se taire, Un tient Marcus par la nuque. Ce dernier se tait, terrorisé.

'Vous avez piégé notre base ! Vous nous avez trahi !'

Je grimace envers Marcus.

'Comme si on pouvait vous faire confiance, vous faites exactement ce qu'on craignait que vous feriez. Vous refaites un Empire militaire, vous refaites un cauchemar de notre monde. Vous voulez faire de nous des esclaves de votre monde et plus jamais je ne veux être vos esclaves.'

'Vous n'êtes que des clones ! Des aberrations ! Ne vous comparez pas à des êtres humains, votre vie ne vaut pas les nôtres ! Vous êtes fabriqués en chaine ! Comme des boîtes de conserve ! Vous n'êtes que des copies imparfaites d'un être humain lamentable.'

'Lamentable ?'

'Tu crois quoi ? Lorsque les tiens ont besoin de toi tu les abandonnes.

Nous pourrions gagner cette guerre sans difficulté s'il avait servi Van Cleef avec tout son potentiel !'

Je prends Marcus par les cheveux et lui frappe la tête à plusieurs reprises contre la table.

Ensuite je fixe ses yeux pochés et son nez ensanglanté, j'observe en partie fasciné, en partie horrifié et en complètement furieux le sang et les dents sur la table de la cantine.

'Je ne voulais que faire des recherches. Je ne voulais que vivre en paix et comprendre le tissu de la réalité.

Je vous ai servi autrefois et j'ai vu mes armes ravager ce monde, ravager des villes entières en un clin d'œil !

C'est ça mon plein potentiel ?! J'ai été l'architecte de la mort de ce monde ! J'ai vu le monde brûler par mes inventions ! Ma famille brûler à cause de moi !!

Les rares amis que j'ai eus dans ma pitoyable vie sont tous morts ! Et ça n'aurait jamais eu lieu sans moi...'

Je m'assieds, exténué par cet accès de colère.

Les autres Adams m'observent, étonnés de m'avoir vus ainsi pour la première fois de ma vie. Une fois que j'ai repris mon calme je me remets à parler.

'Des hommes comme Van Cleef et MacMachin ont toujours existé.

Lorsque notre monde a été détruit j'ai cru qu'ils étaient responsables de sa destruction.

Mais ils ont toujours existé, la vraie différence avec ceux d'avant c'est qu'il y a eu des êtres comme moi qui leur ont donné accès à ce qui nous a détruits.

Je m'en suis rendu compte lorsque vous avez eu besoin de moi pour fabriquer ces forteresses.

Lorsque vous avez besoin de moi pour améliorer vos armées... comme avant... tout recommence... je ne veux plus recommencer.

Je sais où cette folie mène... nous le savons tous. C'est quelque chose que je déteste, et la fin est encore pire... je ne veux plus...'

Marcus observe les Adams avec terreur et haine. 'Tu es un lâche.'

Je prends une profonde bouffée d'oxygène et ravale ma colère.

'Je ne veux pas que ça recommence, je ne vous donnerai plus jamais les moyens d'utiliser mon potentiel pour détruire ce monde et tout ce qui y avait la moindre valeur.'

'Les Légions d'Acier finiront par avoir raison de nous si tu ne fais rien… on peut encore négocier avec Van Cleef. On peut encore s'arranger.'
Je ris, d'abord doucement, puis de plus en plus longuement.
Les autres Adams m'observent avec inquiétude.
'Tu ne cherches qu'à sauver ta peau Marcus. Sauver ta peau et assurer le pouvoir de ton maître. Tu crois vraiment que je ne suis qu'un faible d'esprit comme ceux que tu as exploité dans tes anciennes fonctions ? Tu crois vraiment que je vais te croire ?'
Je continue à rire, longuement, avant qu'Un ne se décide à emporter Marcus dans sa cage de réserve.
'Van Cleef se rendra compte de mon absence ! Tu ne pourras pas te cacher éternellement Adam !'
J'observe le calendrier d'un œil morne puis fais signe à Un de s'arrêter.
'Un restera en ta présence Marcus, il va te garder.
Tu vas continuer à informer Van Cleef que tout va bien. Tu vas vivre, tu peux me croire sur ce point. Si tu fais signe à Van Cleef que quelque chose ne tourne pas rond tu vas mourir. Même si c'est la dernière chose que les Adams feront sur ce monde maudit tu vas mourir.'
Marcus ne répond pas, nous observant en terreur.
'Qu'est-ce que tu vas faire de moi ?'

Je fixe le vide en répétant juste cette même phrase comme un mantra.
'Tu vas vivre… tu vas vivre…'
Voyant que la conversation est terminée Un emporte Marcus à nouveau.

15/9/9
Beaucoup de temps et de chantiers se sont écoulés depuis le dernier incident.
Le laboratoire est étrangement calme.
Nous avons finalement évacué les nombreux locaux de toutes denrées pouvant nous servir lors du grand départ.
J'avoue que ça me rend triste, voir toute cette vie, cette activité, disparaître. Il me reste une dernière chose à faire, je marche d'un pas soutenu en direction de ma cible.
J'ai une seringue à la main, une gouttelette descend le long de l'aiguille, j'ai peu de temps avant que le produit ne commence à faire son… effet.
J'arrive devant le cube de verre comprenant Marcus. Son état physique est lamentable à cause de son incarcération, il n'est que rarement autorisé de sortir de sa cellule en plus ce qui le rend parfois fou furieux.
Il m'observe d'un regard empli de haine lorsque je commence à préparer les somnifères que je vais injecter dans sa cellule avant de l'en sortir.
'Tu as enfin décidé de te débarrasser de moi ?'

Sans même détourner le regard du matériel pour lui faire inspirer le somnifère je réponds.

'Non, ne t'inquiètes pas.'

'On pourrait négocier, tu vas te préparer à tuer Van Cleef, tellement d'innocents… pour quoi ? Tu comptes vraiment finir ce que tu as commencé ? Tu comptes vraiment détruire notre espèce ?'

Je m'arrête net, Marcus sourit, il a atteint un point sensible et il le sait.

'Tellement de gens sont déjà morts par tes armes. Sans toi cet enfer qu'est le présent n'aurait jamais été possible. Mais tu peux encore te racheter…'

J'inspire puis expire longuement avant de me tourner vers Marcus. Son état physique pitoyable donne encore plus de poids à ses mots.

'Toute ma vie on m'a dit quoi faire, ce qui serait bon pour la nation. Mais c'est avec toi que je m'en suis rendu compte.

Ta morale à la con, tu l'as toujours sortie dans le sens qui s'accorde avec ton agenda personnel. Le bien, le mal, c'est toujours quelque chose que tu as utilisé pour te justifier.

Finalement je pense que c'est ce que j'ai haï le plus concernant MacMachin.'

'MacC…'

'Je m'en fous ! Tout ce qui avait de la valeur à mes yeux est mort à cause de ça ! Je vous ai donné ce que vous vouliez à cause de ça et vous avez détruit le monde !'

L'écho traverse le laboratoire, Marcus et moi restons silencieux durant quelques instants avant que je ne me remette à ma tâche.

'Votre pseudo-morale vous n'a servi vos agendas personnels.

Je m'en rends vraiment compte maintenant. Se battre pour notre patrie, pour l'avenir de notre nation... ce sont des risques à prendre ... pour notre bien... Aujourd'hui je ne suis plus en position de faiblesse, je ne suis pas aveugle, je pense ne l'avoir jamais vraiment été.'

Marcus soupire.

'Donc tu vas me tuer...'

Je souris alors que je déclenche le gaz pour l'endormir. Alors que ses yeux sont en train de se fermer je lui montre le liquide dans la seringue.

'Non, je vais t'injecter ce produit puis te donner tes instructions à ton réveil.

Une fois ce produit injecté tu n'auras plus le choix que de me laisser agir.

Si tu fais ce que je te dis-tu vivras...

contrairement à toi je tiens mes promesses Marcus.

Alors ne t'inquiète pas... tu vas vivre...tu vas vivre... mais tu vas le regretter.'

17/9/9

Je ne t'ai pas parlé des nombreux chantiers qu'on a conçus mais tu connais la routine...

On fabrique des bases et forteresses sans même se soucier du nombre d'édifices qu'on a déjà érigés. On se balade d'un coin à l'autre du continent mais maintenant nous gardons nos drones d'observation actifs au cas où Van Cleef nous refait le coup de ne pas nous protéger d'une invasion ennemie. Une fois mais pas deux ! Ceci est le dernier des chantiers qui nous sera utile pour achever notre petite évasion.

L'extérieur ressemble à une forteresse normale mais l'intérieur est une rampe de lancement de fusée.

Tout est prêt, nous avons d'ailleurs même eu l'occasion de faire deux plus petites rampes de lancement dans des lieux inconnus de Van Cleef.

Les trois fusées se rejoindront en orbite au-dessus de la terre.

Là-haut nous fabriquerons un vaisseau pour exploiter les ressources de la lune et c'est depuis la lune que nous allons concevoir un vaisseau réellement capable de nous déplacer jusqu'à Mars.

Pour l'inauguration nous avons décidé d'inviter Van Cleef et sa cour, ainsi personne, que ce soit lui ou sa cour n'auront la mauvaise idée d'utiliser leurs missiles pour se débarrasser de nous lorsque notre petite supercherie sera découverte.

S'ils auraient la mauvaise idée d'utiliser leurs missiles ils en seraient victimes eux aussi vu la proximité. Et s'il y a un dénominateur commun concernant tous les habitants humains de ce monde en ruine c'est bien que personne n'a envie de mourir.

En plus Van Cleef nous a assurés que Lucy sera là aussi. Je suis impatient de la revoir une dernière fois… Enfin il y aura toujours ses clones, mais bon, j'ai assez bien apprécié la gentillesse naturelle de Lucy.

Je me demande aussi si elle a fini par avouer à Van Cleef que je l'ai clonée. Mais bon, tout ça… c'est pour demain. Bonne nuit.

18/9/9

La vie est une étrange chose, la civilisation n'est certainement pas là pour la simplifier.

Une immense sphère d'acier et de verre sert de salle de célébration pour la fondation de la plus grande forteresse de l'empire Van Cleef.

C'est surréaliste, sa cour a même réinventé une mode. C'est quoi cette absurdité ? Alors que les quelques Adams qui sont venus à la réception y sont venus en tenue de travail tous ces gens, n'ayant pas fait le tiers de ce que chacun d'entre nous a fait pour cette communauté, se dandinent dans un luxe obscène dans cette période de grands travaux.

Nous avons l'impression d'être les marginaux de cette société alors que c'est nous qui l'avons bâtie. Le message me semble on ne peut plus clair, nous avons tout fait, mais ce n'est pas pour nous.

Nous ne sommes pas plus que des esclaves à leurs yeux, des aberrations qui seront oubliées une fois leur rôle rempli.

J'observe Van Cleef de loin au milieu de ses proches, il parle de ses réussites.

C'est extrêmement drôle d'être en sa présence sans masque ni rien alors qu'il est malgré tout incapable de m'identifier. Je suis venu sous l'identité de Quarante-Six, il a préféré rester reclus dans nos laboratoires depuis le début des chantiers.

Il n'a donc jamais rencontré qui que ce soit d'autre que des Adams et des Èves de toute son existence.

Aucun de ces parasites n'a eu que l'occasion de le voir ni même d'avoir la moindre chance de remarquer les particularités de son comportement jusqu'ici. Ils sont d'ailleurs incapables de nous différencier en règle générale.

Ils n'ont donc aucune chance de me démasquer car le masque... c'est moi ! Je décide même de pousser le vice un peu plus loin en abordant Van Cleef, ce petit jeu m'amuse décidément beaucoup.

'Monsieur VanCleef ?'

'À qui ai-je l'honneur ?'

'Adam Quarante-Six, mais qu'importe vous ne faites pas la différence de tout de façon.'

'J'avoue que en être incapable, comment faites-vous pour vous différencier ?'

'C'est pourtant évident non ? Nous ne nous habillons, comportons et parlons pas de la même façon.'

'Ah bon ? Vos vêtements sont extrêmement semblables pourtant...'

'Par souci d'efficacité, mais il reste des nuances apportées par chacun d'entre nous. Quoiqu'on soit tous Adam Rudolph nous sommes tous des versions de ce dernier, chacun a donc ses nuances.'

'Intéressant comme concept. Mais en pratique, quelles sont vos différences ?'

'Un petit Quarante-Six sur ma manche gauche, ma façon de bouger et de parler qui sont encore fortement académiques. Je suis un jeune malgré tout.'

'Votre petit monde est des plus étranges.'

'Pas autant que le vôtre, redévelopper une mode alors qu'on était au bord de l'extinction il y a à peine un an ou deux.'

'Il faut aller de l'avant si on ne veut pas devenir un spectre du passé.'

'Ces modes sont se retourner en arrière.'

'C'est l'avis des Adam, pas de ceux de la base de Washington.'

'Soit, changeons de sujet voulez-vous ? Je ne pense pas que nous pourrons trouver un consensus à ce sujet.'

'Mais évidemment, lequel voulez-vous aborder ?'

'Comment est-ce que votre système défensif a-t-il été percé au sud ?
Plusieurs Adam dont Zéro sont morts dans cette tragédie.'
'Nous ne le savons pas précisément, il y a probablement encore des humains à la tête de ces armées-là et ils ont choisi de changer leurs tactiques ou améliorer leurs technologies militaires.
Qu'en sais-je ? Dans tous les cas le résultat est là, un terrible gâchis.'
'En effet, à qui le dites-vous…'
'Je réitère mes condoléances.'
'Je sais que ces condoléances sont sincères, personne ne voulait cette tragédie.'
Sur ce je lève mon verre.
'À Zéro et son équipe, ils nous manqueront tous, surtout Zéro qui a été à l'origine de cet avenir dans lequel nous pouvons à nouveau espérer.'
Van Cleef lève son verre à son tour.
'À Zéro… et aux autres évidemment.'
Nous buvons chacun une lampée de ce jus de fruits fraîchement élaboré dans mon laboratoire.
Je ne peux retenir un petit sourire malveillant sur la commissure de mes lèvres.
Après avoir fini mon propre verre je recommence à parler à Van Cleef.
'Dites-moi monsieur VanCleef, j'ai entendu dire que la douce Lucy était présente à cette soirée.
Nous ne l'avons pas admirée depuis bien longtemps.

C'est l'unique survivante, avec vous, de la base de Washington n'est-ce pas ?'

'En effet, je l'ai prise pour épouse il y a peu. Elle devrait faire son apparition d'un instant à l'autre. Vous saviez qu'Adam Zéro avait un faible pour elle ?'

'Nous l'avons tout monsieur VanCleef, veuillez m'excuser cette brusquerie.'

'Comment pourrais-je vous reprocher d'être honnête ?

C'était d'ailleurs une autre qualité de Zéro, il ne m'a jamais rien caché. Toujours au service de la communauté, un homme intègre comme lui est très rare, heureusement que dans sa sagesse il vous a créé vous.'

'J'ignore si c'était de la sagesse ou du désespoir, néanmoins c'était la meilleure solution.'

C'est alors que Lucy fait son apparition, elle est enceinte, elle porte l'enfant de Van Cleef sans doute. Ils ont toujours allés très bien ensemble, j'envierai toujours Van Cleef pour cela, mais que pour cela.

'Alors Quarante-Six, votre opinion ?'

'Une femme portant un enfant est le meilleur symbole de l'espoir, plus encore, c'en est la personnification.'

'Vous avez hérité de sa fibre poétique en tout cas.'

'Merci, c'est à mon tour de vous faire une surprise maintenant.'

Je dessine un sourire féroce, je vois dans le fond des yeux de Van Cleef une peur sortant du plus profond de son instinct. Je ne lui laisse pas le temps de réagir et m'avance au milieu de l'assemblée.

'Messieurs dames ! Je tiens à vous annoncer un évènement historique ! Un évènement qui changera ce petit monde, le fruit d'un pacte entre Van Cleef et Adam !'

L'assemblée est silencieuse, Van Cleef m'observe avec un doute qui se fait de plus en plus présent. Je l'observe avec un sourire sadique qui n'arrête pas d'accentuer son anxiété, est-ce moi ? Se peut-il que j'aie survécu ? Comment le savoir ? Les prochains instants vont décider de son comportement à adopter mais là il est encore dans la peur et l'ignorance.

'Messieurs, mesdames ! Je vous présente la plus puissante forteresse automatique jamais érigée depuis la fin du monde et probablement même avant ! Les armées ennemies comme les siècles n'auront pas raison de cet édifice ! Elle protègera notre avenir des désastreuses décisions de notre passé ! C'est une promesse de vie et de future prospérité!'

L'assemblée applaudit, je souris et Van Cleef est soulagé.

Mais c'est trop tard, le doute est désormais en lui, combien de temps encore vais-je encore jouer avec lui ? Tout dépendra de mon humeur, de ses nerfs aussi d'ailleurs...

Durant le reste de la soirée je danse avec différents membres de sa cour, l'un ou l'autre

Adam aussi d'ailleurs. Je m'amuse comme un petit fou, ce jeu est des plus amusants.

En fin de soirée je fais signe aux autres Adam de s'éclipser.

Moi-même je monte sur une estrade proche de la sortie. C'est alors que Lucy vient vers moi.

'Quarante-Six ?'

'Oui madame Van Cleef ?'

'Appelez-moi Lucy.'

'Oui Lucy ?'

'Je voulais vous remercier pour tout ce que vous avez fait pour nous.'

'Ne me remerciez pas, remerciez Zéro plutôt, Van Cleef aussi d'ailleurs.'

'Même, je tiens à vous remercier, vous et tous les Adam pour le travail que vous avez accompli.'

Je souris, même maintenant elle aurait été capable de me faire changer d'avis… mais hélas, le plan est déjà déclenché.

Les dés sont lancés, ils sont lancés depuis bien trop longtemps pour que je change d'avis, est-ce que je deviendrais comme Van Cleef ? À me déresponsabiliser en disant que je n'ai pas le choix ? C'est absurde, je pourrais arrêter ça maintenant et ici.

Mais je suis libre, et donc j'ai fait le choix de me casser sur Mars avec les autres Adam et Ève.

Non, je peux encore reculer, je l'ai toujours pu mais je ne l'ai jamais voulu.

'Je vous remercie pour votre attention, mais pourriez-vous rejoindre l'assemblée ? Je dois encore faire un dernier petit discours.'

'Bien.'

'Merci.'

Je monte sur l'estrade, chacun de mes pas est le fruit de ma volonté, chacune de mes trahisons découle de mes choix. Même si j'échoue, mourir n'est pas un prix si grand prix à payer que ça après tout...

Il y a tellement d'Adams pour me remplacer désormais.

Finalement l'assemblée m'observe silencieusement sur l'estrade.

'Messieurs dames, je voudrais vous présenter un jeu. Une comédie comme jamais vue depuis le début de cette fantastique apocalypse !'

Ils n'applaudissent que par politesse, mais sont tous étonnés et se demandent ce qui se passe. Ma voix détonne de la haine, toute la haine que je contiens contre le genre de personnes qu'ils sont, ce n'est plus utile de jouer le jeu.

Il est temps de jouer cartes sur table, et je sais que j'ai déjà gagné. Car même si je suis un mauvais perdant je suis un gagnant encore plus horrible et de ça ils vont en faire l'amère expérience.

'Combien sont morts parmi nous ? Combien ? Des milliards ? Non, bien plus, à chaque génération, à chaque décès le nombre augmente. Si nous avons changé d'ère c'est parce que le soleil nous a été enlevés, parce que les machines sont l'unique chose qui nous maintient en vie désormais.

Voilà la vraie cause, ce n'est pas cette guerre. Les machines… les clones sont un peu la même chose pour vous non ?

Bougeant d'un chantier à l'autre, à faire des plans, programmer les machines comme de sages petits automates. Mais on ne vous en veut pas pour cela, on ne vous en a jamais voulu pour cela. Notre haine à votre encontre est bien plus profonde et ancienne que cela.'

L'assemblée est plongée dans le silence le plus absolu, Van Cleef quant à lui prend la parole à son tour.

'Tu n'es pas Quarante-Six n'est-ce pas ?'

'Gagné, je suis Zéro, les armées Colombiennes ne sont pas si efficaces que ça après tout.'

Je ne lis pas la peur dans les yeux de Van Cleef, mais de la colère.

'Ne t'inquiète pas, tu ne m'as pas déçu, je savais que ça allait finir comme ça.

Mais tout est au mieux, je ne dois pas exterminer les derniers habitants de mon continent pour ma vengeance.'

'Qu'est-ce que tu veux alors ? Pourquoi es-tu ici ?'

'Mais pour rien Francis, j'ai déjà tout ce que je veux. Tu ne le sais pas encore, c'est tout.'

'Comment ça tu as déjà tout ? Tu oublies que tu n'as pas d'armée… moi si. Tu oublies que même dans cette salle le rapport des forces n'est pas dans ton avantage…'

'Ils savent que je ne les tuerai pas sauf si j'y suis forcé.

Tu n'imagines pas tous les explosifs que j'ai bourrés dans les fondations de cette réception. Comme quoi tu n'as rien appris depuis les explosifs cachés dans la paroi de ta base. Il y a de quoi nous mettre en orbite mon vieux.

Mais s'ils ne font rien, rien ne se passera, ils ne sont même pas en danger, sauf si je suis en danger... tu comprends ? Le rapport des forces t'es défavorable à ton encontre et la mienne. Si tu m'attaques ils feront tout pour t'en empêcher.'

'C'est du bluff.'

'Pour le savoir il faudra prendre le risque mon gars, or, j'ai déjà piégé mes propres constructions par le passé, tu le sais. Je suis donc parfaitement capable de l'avoir fait avec ce petit bâtiment.'

'Mais pourquoi tu fais tout ça alors ordure !?'

'C'est vrai que je suis une ordure plus que toi probablement.

En contrepartie je ne suis pas le genre de personne qui a décidé de transformer ce monde en enfer, toi si. Chacun ses petits défauts Van Cleef, toi tu as l'idéal impérialiste et moi je me contente d'être un minable petit égoïste. Mais ne t'inquiètes pas, personne ne mourra aujourd'hui si tout se passe comme je le prévois.'

'Tu comptes te venger non ?'

'Oui, bien sûr, tu crois quoi ? Je suis une ordure et je suis rancunier... mais pas suffisamment corrompu par la haine jusqu'à en devenir aveugle. Tuer d'autres membres de notre espèce serait un gâchis vu les temps qui courent. Donc chacun doit avoir une chance de survie, c'est la chance que j'ai décidé de te laisser.'

'Comment ça ?'

Soudainement toute tonalité de joie ou amusement disparait de la voix de Zéro.

' Tu as tué tes frères Van Cleef, tu as tué neuf Adam, neuf humains.'

'Ce ne sont que des clones, tu les remplaces en moins d'un an.'

'C'était moi Francis ! C'était ma chair ! Tu m'as tué neuf fois et je compte te rendre la pareille en souffrance !'

Je reprends mon calme, quel monstre suis-je devenu ? Tellement de haine et de rage n'ont pas été imaginables avant cette apocalypse, une partie de moi aime cela. Je ne suis plus le sociopathe timide d'autrefois, je suis enfin libre, il m'aura fallu tout perdre pour être libre. Je reprends mon calme et recommence à sourire. Van Cleef profite de ce silence de ma part pour répondre.

'Pleins de gens sont morts depuis le début de cette apocalypse Adam ! Tu n'as que neuf morts et tu t'en plains ! Je devrais dire quoi moi ?! Mes frères d'armes sont tous morts pour sauver un maximum de dégénérés dans ton genre ! Tout ça pour quoi ? Pour les autres, par altruisme.'

'Je me fous des autres, je n'ai jamais tué qui que ce soit, j'en ai même sauvé beaucoup, toi compris. Mais je ne vais pas t'avancer des arguments moraux, nous avons tous les deux dépassés ce stade depuis bien des années, depuis que nous sommes en enfer. Je vais me limiter à ce qui suit, tu m'as tué neuf fois, tu vas payer pour la souffrance que tu m'as infligé. C'est une bonne vieille vengeance, pas de justice ni de morale.

Juste toi et moi… Marcus aussi d'ailleurs, je ne sais vraiment pas l'encadrer cet enfoiré.'

'Comment ça ? Qu'est-ce que tu as fait à Marcus ?'

'Tu as aimé ton jus de fruits ?'

'Tu m'as empoisonné ?'

'Comme je t'ai dit : si tout se passe comme prévu, personne ne mourra aujourd'hui. Ce n'est pas un poison violent, ni même un poison, c'est de la nanotechnologie. Tu vivras longtemps… très longtemps même. Je ne sais pas combien de temps exactement ces petites merveilles te maintiendront en vie et à l'abri des affres du temps.

En tout cas les machines de guerre hantant ce monde feront en sorte que ce ne soit pas assez pour que tu puises voir la fin de cet hiver nucléaire si tu survis au froid et aux innombrables privations.

En contrepartie de ce *don* ces nanotechnologies ont une seconde caractéristique.

Elles attirent des armées de machines, je n'ai pas tout à fait compris comment fonctionnent la plupart de leurs codes et cryptages mais j'ai réussi à en comprendre l'essentiel.

J'ai même réussi à découvrir leurs divers types de signaux radio pour attaquer et défendre des positions.

Ainsi cette nanotechnologie émet ces signaux radio particuliers, tu es leur cible privilégiée désormais. Un véhicule t'attend au dehors, ton exil peut commencer, un conseil fais souvent des haltes pour collecter du carburant avec les robots collecteurs qui sont dans le véhicule. Tu devrais tenir un siècle ou deux dans cette fuite sans répit.

Nulle part où dormir en paix, nulle part où être à l'abri… ni des machines… ni des tiens.'

'Comment ça ni des miens ?'

'C'est là que ton ami Marcus entre en scène. Comme tu as pu le remarquer il n'est pas là, ce déchet ferait tout pour survivre donc je lui ai mis le même produit que toi dans les veines et informé des règles du jeu.

A la différence que s'il te tue les machines arrêteront de le chasser. Je l'ai envoyé à Washington, il a pris trop d'avance pour que tu le rattrapes.

Il est donc déjà maître de la base, il mettra tout en œuvre pour te tuer. Quant aux autres de ta cour et de ton peuple ? Ils se soumettront à lui comme ils l'ont fait pour toi, c'est lui le chef de la base de Washington désormais, c'est toi l'ennemi numéro un pour eux maintenant.

Je te conseille de commencer à fuir Van Cleef, un d'entre eux pourrait essayer de te tuer immédiatement pour plaire à son nouveau maître, tu sais comment sont ces parasites… Prêts à tout pour plaire à celui qui a le pouvoir. Tu veux connaître le nom de la nanotechnologie que j'ai mis dans tes veines Francis ? Je suis sûr que tu vas aimer… le sceau de Caïn, tel Caïn tu as tué ton frère… tes frères pour être plus précis. Et tel Caïn tu parcourras la terre chassé par tous à cause de la marque que tu portes. Adieu.'

Van Cleef pose un regard triste sur Lucy, brisée par ce dénouement. Lorsque leurs deux regards se rencontrent j'ai pu voir de l'amour, un amour pour lequel Van Cleef se résigne à fuir. Son ultime regard lorsqu'il quitte la pièce est à mon encontre, empli de haine.

Lucy quant à elle tombe en larmes… pauvre Lucy, prise entre les impitoyables luttes des fous de cette époque infernale. Je m'avance vers elle une dernière fois, partagé entre remords et tristesse.

'Marcus ne tiendra pas longtemps avec ou sans toi, il attire trop de machines pour que la base puisse survivre avec lui en son sein. Ses habitants le chasseront sous peu de la base ou périront avec lui. Je te donne accès à toutes les technologies que les Adam et Ève ont développé Lucy.

Ces ressources devraient te permettre de le bannir à son tour de Washington, sans la moindre difficulté et dans les plus brefs délais.

Ceux ici présents t'aideront probablement, entre ce déchet chassé par des armées de machines et une personne aussi gentille et puissante que toi il faudrait être fou pour te trahir.'

Lucy m'observe d'un regard noyé sous les larmes.

'Pourquoi Adam ? Pourquoi tout ce mal ? Tu étais quelqu'un de bien pourtant...'

Alors qu'Adam remet les clés d'accès de sa base à Lucy il ne peut retenir une larme, discrète.

'Regarde ce que notre espèce a fait de cette planète... Nous sommes capables du meilleur comme du pire. N'oublie jamais ça Lucy, j'aurais pu tuer tout le monde dans la base de Washington mais je ne l'ai pas fait par souci d'épargner les innocents, enfin, c'est un terme assez relatif.

Disons que je ne peux pas tuer tout le monde sinon notre espèce s'éteindrait et je suis incapable d'assumer ce crime-là. Je vais devoir y aller maintenant.'

Un courtisan du nom de Khan, s'avance.

'Où vas-tu ?'

'Van Cleef n'est pas vaincu, peut-être qu'un jour il sera tout aussi puissant qu'il y a quelques minutes à peine. De toute manière il y aura toujours des gens comme lui, il y en aura toujours et il y en a toujours eu. Tous les Adam, toutes les Ève s'en vont, nous quittons ce monde.'

'Mais pour aller où ?'

'Ça ne te concerne pas, hors de votre portée, hors de la portée de toutes les armées de machines, hors de portée de tous les hommes.

Je vais enfin pouvoir faire ce que je veux faire depuis le début, des recherches, encore et toujours plus, décortiquer le tissu de la réalité jusqu'à atteindre la vérité fondamentale.

Donc je vous laisse la terre, amusez-vous bien sans nous, vous en êtes parfaitement capables.'

Je quitte la salle non avec un sentiment de satisfaction mais de soulagement, et de tristesse pour Lucy.

La suite est on ne peut plus classique, les Adam et Ève prennent place dans la fusée et nous quittons ce monde.

J'ai un étrange sentiment, malgré tout ce que l'humanité a fait à la vie sur cette planète cette vie s'en sort plutôt gagnante dans l'ensemble.

Très peu d'espèces ont disparu de manière irréversible, l'Arche en a sauvegardé tellement.

L'extinction massive sans précédent provoquée par cette dernière guerre mondiale aura causé beaucoup de changements sur la surface.

Ce changement permettra à la vie de se surpasser quant à l'avenir. La sélection naturelle bat déjà de son plein parmi les humains, les autres formes de vie dépendant des humains seront aussi mises à rude épreuve mais c'est une bonne chose.

L'évolution à laquelle seront exposés les survivants permettra un véritable bond en avant en ce qui concerne l'évolution.

Pas beaucoup ont été perdus, une ère d'extinction de masse commence déjà sur Terre suite à l'apparition de l'homme, cette guerre n'a donc pas fait une grande différence, bien au contraire en fait, grâce à l'arche.

En plus de cela les espèces conservées dans cette arche pourront prospérer sur d'autres mondes, une première dans l'histoire connue de l'évolution de la vie, elle se propagera désormais de monde en monde avec les colons humains. D'abord les Adams, puis les prochains héritiers de l'humanité.

En plus connaissant très bien la façon de penser de mes clones je sais qu'ils vont recombiner les gênes des créatures des arches jusqu'à avoir tout essayé d'intéressant, et ça prendra du temps.

Donc dans l'ensemble ceci ne sera pas vraiment une extinction massive mais plutôt une apparition massive d'espèces, surtout sur Mars si nous y parvenons.

Heureux d'aller vers son avenir mais avec un pincement au cœur pour l'abandon de ce qu'il aime sur cette foutue planète Zéro regarde vers le ciel tout en sentant en dessous de lui les réacteurs des fusées se déclencher et le propulser avec les siens vers leur avenir.

De loin on aurait vu trois colonnes de fumée quitter la surface avant de disparaître dans le ciel complètement recouvert par de sombres nuages. Depuis le cockpit Adam voit la fusée s'approcher rapidement des sombres nuages jusqu'au moment où sa vision est complètement aveuglée par ces derniers.

Il peut observer son vaisseau quitter ce monde obscur, il peut enfin rejoindre la lumière.

7/6/2

Je m'éveille en sursaut, le froid m'a engourdi une fois de plus.

Je suis désolé, je n'ai pas pu m'empêcher de t'inventer cette histoire.

Si seulement j'étais parvenu à me cloner…

Mais non, finalement j'ai perdu tout espoir, en plus cette armée de machines qui n'arrête pas de se déplacer sur la surface.

Plus aucun robot collecteur ne m'apporte le moindre carburant, j'arrive bientôt au bout des réserves de la base, le gel a déjà pris possession de tous les autres hangars.

Il ne reste plus que celui-ci à température viable, le hangar cinq, ma dernière retraite... la mort.

J'observe lentement le gel entrer, progressant langoureusement le long des murs jusqu'à moi.

Recroquevillé dans le coin le plus éloigné de la porte je vois le gel avancer lentement le long des murs, le sol ainsi que le plafond. Il n'y a nulle part où aller désormais, nulle part où fuir.

Je suis seul face à mon destin. Plus la moindre chance de me cacher dans un monde imaginaire, l'implacable réalité arrive.

Elle vient pour reprendre ce qu'elle avait confié à la conception du premier être vivant il y a tellement longtemps.

Je te sers entre mes bras tremblotants alors que le gel n'est plus qu'à un mètre de moi.

Elle prend son temps, paresse doucement jusqu'à moi tel un prédateur jouant encore un peu avec sa proie avant le festin. Un jeu bien cruel qu'est la vie...

Van Cleef, Lucy, Mac Machin, les autres survivants... ont-ils existé ?

Qu'importe, nous sommes tous foutus de toute façon, le froid est venu nous dévorer, c'est l'heure du jugement dernier.

Ainsi... ce n'était pas dans une apothéose mais dans un murmure que disparaîtra le dernier des hommes, avec un simple mot s'échappant de ses lèvres tremblotantes... pardon.

27/4/9

C'est cela que j'ai rêvé plusieurs nuits d'affilée. J'ai des fois l'impression de rêver cela, des fois il me semble que ceci est le rêve ...

Comment savoir ?

Qu'importe, j'en ai marre, si je dois geler, que je gèle... J'ai décidé d'être ici, dans ce monde.

2/5/9

Les vaisseaux se sont posés sur la lune. Là les drones ont d'abord creusé des réseaux de cavités, certaines parties du réseau étant habitables pour le temps qu'ils y restent.

3/4/11

Je rentre d'un cycle de travail lorsque je vois Un, appuyé contre un mur.

Je m'approche de lui, avec une certaine appréhension étant dit son comportement étrange.

'Quelque chose ne va pas ?'

Le regard d'Un est livide.

'Les médicaments… ils ne font plus effet… j'ai beau prendre de plus grands dosages… ça ne sert à plus rien…'

'Quoi ? Ça fait combien de temps que tu augmentes les dosages ?'

'Quelques mois avant le départ, j'ai failli m'attaquer à un des Adams lors du départ… ça a failli finir en catastrophe.'

'Oui mais… on va trouver une solution…'

Je tente de m'approcher d'Un mais ce dernier me fait signe de rester à distance.

'Ça ne sert à rien. J'ai épuisé tous mes médocs… et même alors ça ne suffit plus. Nous n'avons plus le temps…'

'Mais… on va trouver une solution, on en a toujours trouvé…'

Un rit doucement dans sa muselière.

'Tu as créé des clones car tu savais que tu n'es pas parfait, que tu échouerais à un point ou l'autre et qu'alors il en faudrait d'autres pour prendre ta relève.'

'Oui, mais pas comme ça…'

'On ne peut rien y faire, ces médicaments ne font que postposer l'inévitable. Dans mes dernières recherches je me suis rendu compte que mes gènes sont devenus aussi influents que ceux du virus sur mon métabolisme... je ne suis plus Adam.'

'Tu es Un, je t'ai mis au monde et ce n'est pas pour te voir mourir !'

Un rit, longuement.

'Tu n'es qu'un pauvre mortel Zéro, et moi j'en ai assez de vivre comme ça. Juste... laissez-moi ici, dans mon petit monde... mettons fin à cette médication. Elle ne me fait passer que d'une torture à l'autre.'

'Mais d'ici quelques jours ce sera fini, nous aurons fini les préparatifs. Sur Mars on trouvera une solution.'

'Il n'y a qu'une solution au final, toutes les autres finiront tôt ou tard par une catastrophe.'

J'observe Un suer du sang.

'Rentre chez-toi, je vais faire le nécessaire.'

Avant de s'en aller Un se tourne vers Zéro.

'N'oublie jamais ça Adam, tu as beau être un survivant, tu mourras, tu échoueras toi aussi un jour. Tu ne pourras pas toujours nous protéger de nous-mêmes.'

'Mais... vous êtes moi.'

'Arrête avec ces conneries, nous savons tous les deux que même si ce sont des détails nous sommes différents. Et un jour ces différences seront devenues telles que nous ne nous

reconnaîtrons plus les uns les autres… comme l'humanité avant nous…'
Un rentre chez lui en titubant, verrouillant la porte derrière lui.

3/2/12

'Trois, deux, un…'
Les fusées sont lancées à la fin du rebours. D'ici un an ils seront arrivés sur Mars. Les Adams et Èves sont contents d'être enfin partis pour leur monde promis. Seul Zéro reste silencieux, vérifiant les paramètres du réacteur principal de son vaisseau. Il observe tristement la lune qui s'éloigne, la terre qui s'éloigne.
Onze s'adresse à Zéro.
'Alors Zéro ? Ne me dis pas que tu es nostalgique ?'
Zéro soupire.
'Un est là en bas.'
Onze perd son sourire.
'Il voulait rester, on n'a plus de médicaments, il aurait pu infecter d'autres clones.'
'Il est seul.'
'Il n'en sait plus rien à l'heure qui est. Il est à nouveau un zombie, nous nous sommes assurés que le réseau dans lequel il se trouve développe un écosystème suffisant pour se sustenter. Et qui sait ? Une fois qu'on aura une solution durable nous reviendrons le chercher…'

'Le réseau de cavités devrait être suffisant que pour maintenir l'écosystème jusque-là... s'il ne meurt pas de vieillesse avant...'

Onze acquiesce.

'Un est fatigué, il n'en peut plus de lutter contre sa nature. Il veut juste finir ses jours en paix, comme le monstre qu'il est. Je ne pense pas qu'il te remerciera de venir le soigner. Tu ne peux pas sauver tout le monde...'

'Comme sur Terre...'

'Oui.'

Moi et Onze observons sur nos radars la lointaine Mars dont on va croiser la route d'ici un an.

Pensant à cet avenir, espérant qu'il en aura valu la peine.

In Fine

Alors qu'Adam Rudolph finit ces dernières lignes il observe autour de lui.

Une fois arrivés ils ont commencé la colonisation de leur nouveau monde.

Aussi étrange que cela puisse paraître Adam se sentent plus chez eux sur Mars que sur Terre.

Ici au moins il y a du Soleil, des fois, lorsqu'il voit la Terre passer entre eux et le soleil, il repense à Lucy et Van Cleef, Marcus il s'en fout il espère juste que cet enfoiré est déjà mort seul comme il le mérite dans un trou perdu dans la plus misérable des agonies.

Quant à la douce Lucy il se rappelle son visage chaque fois qu'une Ève passe, et c'est fréquent.

Des fois il se demande à quoi l'enfant de Van Cleef ressemble, qu'a-t-il hérité de son père ? Sa force, son efficacité peut-être ? N'espérons pas sa paranoïa quoique cette caractéristique soit humaine.

Et finalement Van Cleef, avec du recul il ne lui en veut pas. Il croit même qu'il est plus fautif que ce dernier sur l'ensemble de l'histoire.

Il se demande même des fois s'il n'a pas été trop cruel avec lui. Mais bon… c'est une page de sa vie qui est tournée désormais, trop tard pour retourner en arrière.

Alors qu'il se remémore tout cela il observe Ève Trente-Sept jouer au golf sur la surface de Mars en combinaison spatiale.

La ville vient d'être terminée et ils ont lancé la fabrication de cinq cents Adams et cinq cents Èves. C'est ambitieux mais ils en ont besoin.

Au plus nombreux qu'ils sont au plus vite et au plus loin qu'ils sauront pousser leurs recherches. Après cette nouvelle génération un âge d'or va commencer pour les chercheurs. Un âge de découvertes innombrables menant l'humanité bien plus loin qu'elle n'aurait jamais pu imaginer. Zéro pense personnellement à évoluer artificiellement les prochaines générations de clones.

Les rendre plus forts, plus intelligents, plus agiles… après tout, avec plus d'un millier de chercheurs, il a les moyens d'élaborer ce genre de projet désormais.

La sélection naturelle ne serait plus un facteur inévitable pour l'évolution, c'est probablement la plus grande victoire d'Adam, et de l'humanité. Se libérer de la sélection naturelle, ils ne sont donc plus des animaux, en quelque sorte.

Deux vient vers lui avec deux boissons d'une couleur plus que discutable et en tend une vers Zéro.

'Tiens, le résultat de ma dernière expérience. J'ai fait un hybride entre le fruit de la cerise et celui de la banane pour obtenir ce gout. Tu m'en diras des nouvelles.'

'Ça goute quoi ?'

'Aucune idée, je vais gouter ça en même temps que toi.'

'Vous avez vraiment foutu n'importe quoi, on pique l'arche à Van Cleef et voilà ce que vous en faites... des jus de fruits transgéniques.'

Tout en discutant Adam observe Bob et John jouer ensemble sur la surface, eux n'ont pas besoin de combinaison, les petits veinards.

De l'autre côté de la vallée les Adams observent un immense pilier de verre être levé comme les menhirs d'antan par une machine titanesque. Cette machine fait partie d'un programme que certains Adams veulent développer afin de filtrer la lumière de Mars et redistribuer cette lumière filtrée de tout rayon ultraviolet dans un réseau de sous-sols.

C'est plutôt malin vu le manque d'atmosphère de Mars, aucune lumière n'est filtrée et l'air n'est pas respirable, donc la colonne de verre filtrera cette lumière et l'air sera emprisonné dans des sous-sols.

'Ben on manipulait des gènes déjà avant, des milliards d'années d'évolution menant à ce jus de fruits, pas mal non ?

En plus tu devrais voir le projet que les biologistes mettent sur pied, ils veulent faire un foret dont le système chimique pourrait servir d'ordinateur sachant s'adapter et s'améliorer de soi-même. Faudrait d'ailleurs faire gaffe, s'ils font n'importe quoi ils pourraient encore développer un super-tueur transgénique par accident et on crèverait tous comme des cons... '

'J'ai déjà prévu un plan B, après la prochaine cuvée de clones on commencera à fabriquer une deuxième cité dans l'autre hémisphère de la planète.

Une cité par an me semble être un bon rythme, on devrait aussi voir du côté des autres planètes. Comme ça si on fait une très grosse connerie il y aura au moins quelques survivants quelque part.'

Deux éclate de rire.

'Oué, on pourrait peut-être survivre à notre curiosité et nos conneries comme ça.'

'Parlant de conneries tu as entendu ? Vingt a commencé sa propre église. Il y a tout de même quelques disciples qui viennent.'

'Tant qu'ils ne font pas de guerre religieuse ça me va.'

'Bah, chaque chose en son temps...'

'Deux...'

Deux rit.

'Bon bon, d'accord, je te charrie.'

'Mis à part ça, tu viens jouer au golf ?'

'Pourquoi pas ? Le temps de finir ma boisson et j'enfile une combinaison.'

'D'accord.'

Finissant chacun sa boisson les deux Adams observent Ève faire un excellent tir sur un bon kilomètre avec une précision remarquable.

Le bon truc avec l'atmosphère moins dense et la gravité inférieure à celle de la Terre c'est qu'on peut tirer très loin avec un minimum d'effort au golf.

Finalement je crois bien qu'Adam a réussi, il a enfin trouvé le bonheur.

Postface

Adam Rudolph n'est qu'un des personnages de ce monde. Ce premier tome est celui le plus lié à notre ère et donc celui qui y ressemble le plus. Néanmoins dans les tomes suivants j'essayerai de proposer diverses possibilités pour l'avenir de l'humanité. La chose intéressante étant que l'humanité n'a plus un accès aisé à la surface de la terre. Donc elle devra s'adapter, évoluer, socialement, technologiquement et moralement.

En fin de compte ces personnages n'auront pas endurés car ils auront fait la bonne chose mais ils auront fait la bonne chose car ils auront endurés.

www.ingramcontent.com/pod-product-compliance
Lightning Source LLC
Chambersburg PA
CBHW070558130626
46556CB00001B/211